U0164242

My dad, a good man

我爸爸是好人

王璞　著

匯智出版

責任編輯：羅國洪
裝幀設計：胡　敏

書　　名：我爸爸是好人
作　　者：王璞
出　　版：匯智出版有限公司
　　　　　香港九龍尖沙咀赫德道 2A 首邦行 803 室
　　　　　電話：2390 0605　　傳真：2142 3161
　　　　　網址：http://www.ip.com.hk
發　　行：香港聯合書刊物流有限公司
　　　　　香港新界大埔汀麗路 36 號中華商務印刷大廈 3 字樓
　　　　　電話：2150 2100　　傳真：2407 3062
印　　刷：陽光（彩美）印刷有限公司
版　　次：2020 年 8 月初版
　　　　　© 2020 匯智出版有限公司
國際書號：978-988-74437-1-1

0

我從一開始寫作就是出版社毒藥，原因我心知肚明：題材太單調，手法又太傳統。正如我的恩師、編發我第一篇小說的編輯老芃萵所言：

「你寫來寫去都是寫你家的事。要是你家的故事特別悲慘，或是特別傳奇倒也罷了。問題是讀者們看來看去沒一個人物死於非命，沒一場愛情感人下淚。慢着！聽我說完，我知道你要說平淡的人生也有故事那套話，冬子的小說不是圍着柴米油鹽轉嗎？沒錯，但你若想變成冬子第二，你就得先調整一下你的風格，你缺乏他那種拿庸常瑣事開刷的幽默感。」

冬子是老芄萹的財神爺，近年來憑新都市小說紅極一時，成為偶像派作家，作品動輒印數上十萬。他雖是我大學同學，年齡比我足足小了八歲。一九七九年我們同時考入江南師大中文系，那是恢復高考放寬年齡限制招生的末班車，班上同學年齡落差特大，最小的李光明都可以管最大的王一路叫爹了。前者十六歲，後者三十四歲。

我跟冬子年齡雖然相差這麼多，卻成了好朋友。我喜歡他的善良純樸，聰明機智；他佩服我的見多識廣，博覽群書。可以說，是我帶他走上文學道路的，連他這個筆名都是我起的（他原名趙冬至）。是我將他引薦給老芄萹，並在老芄萹手裏發表了他的第一篇小說。老芄萹對我說出以上那番話時，冬子就坐在我身邊。我瞟見他在對老芄萹使眼色，示意他照顧我的自尊心。但老芄萹卻衝他揮揮手繼續說下去：

「不要緊的。我跟鄭中（這是鄙人的名字）情

同手足，甚麼話都可以直說。再說，重症須下猛藥。我認為眼下鄭中處於他生命的又一關鍵時刻。何去何從，需要有人跟他說出真相，指點迷津。」

這裏須得交代一下時代背景。我與老芄苘作這番歷史性交談的時間是二零零二年。那時我在香港一間報社作着編輯，拿着一份月入一萬五千五的月薪，作着每日編發些內容噁心、文筆不通的副刊文稿的工作，不過這工作千不好萬不好，卻有一個非常重要的好處：除了八小時上班時間以外，其他時間歸己。我便利用這些時間寫小說。夢想有朝一日，很多讀者跟我一起哭一起笑，一起在精神世界的廣闊天地翱翔。

就在這時，一個機會來了。一天，我遇見了我的初戀情人。十二年前她去美國留學，現在已經創辦了自己的公司。眼下她決定去上海開辦分公司。當她得知我境遇不佳、且已變成失婚人士，每月還得拿出一半的工資付兒子贍養費之後，

便向我提出：何不就任她上海分公司的總經理呢！她給我的待遇是月薪三萬，外加住房津貼。然而我一眼看穿了這個餡餅之後的陷阱。且不說我會否因此而捲進這位原名羅小村現名羅拉的女子的婚姻糾葛（她也變成失婚人士了），有個問題對我來說更加事關重大。有道是食人之祿，為人分憂，三萬月薪不是白賺的，上海分公司乃白手起家，我對從商又一無經驗，這意味着我必須放棄寫作，全副精力為她打拼。值不值得呢？

「值。」老芫茼聽我說了這事原委之後，斬釘截鐵地說。

其實當時我已經拒絕了羅拉的建議。之所以跟老芫茼提起，是因為我跟老芫茼談到我下一本書的出版時，他的口氣很不痛快，吞吞吐吐閃爍其詞。他這種態度對待我的小說已經有些日子了。與他八十年代中期編發我第一批小說時的熱情態度不可同日而語。我對他吐露羅拉的事，多

多少少有挽回一點自尊的意思。不料，接下來他卻說出了本文開篇時的那番話。

後來，大概是怕我下不了台，也可能是冬子從旁一再敲邊鼓、說怎麼怎麼佩服我的小說，這種純文學作品怎麼怎麼應當扶持等等，老芃茼終於答應，他會把我的書稿上報為明年的出版計劃。不過，他再三叮囑冬子，叫他一定要把手中那本新書快寫完交他出版。口氣中流露出的那種「我既然如此……你也要如此……」的意思，叫我感覺自己是一件搭賣品。

回到家來思量再三，我打電話給老芃茼，撤回了我的書稿。當然，我的話很客氣，說我想再修改一下，可是我接着就打電話給羅拉，說我接受她的職位，去上海作她分公司總管了。這以後直到二零零五年六月十八日，整整兩年半時間，我再沒碰過小說，甚至再沒寫過一篇哪怕五百字的報屁股文章。我一頭埋進生意場，無論

從行為、形象，還是從思維、言語方面來看，我都整個蛻變成了一個商人。速度之快，變化之徹底，令我感覺生活像作夢一樣。

二零零五年六月十八日那天，當老朋友牟師傅走進我的辦公室，看到那個坐在大班椅上朝他望去的我，大概就是這麼一副形象。我的意思是，成功商人形象。我身穿筆挺西裝，頭髮打理得平整溜光，面對電腦手持電話侃侃而談，大班枱上還擺着另外兩台電話，此外還有兩支手機。一支插在上衣口袋裏，一支與這三台電話並列桌上。這一排電話左側，是兩疊高高的卷宗，右側是液晶電腦屏幕，我從屏幕旁探出臉來朝牟師傅招手，示意他在桌前的椅子上坐下來。

牟師傅沒坐，卻是站在那裏，朝四面八方張望。當時我以為他是被我眼下的排場驚呆了，就沒怎麼在意他，繼續打我的電話。曾幾何時，牟師傅和我同守一間倉庫，同吃一鍋菜湯。我們之

間沒客氣好講。雖然已經有十來年沒見面了，我還是覺得可以對他點點頭就算是招呼，他呢也一定認為他還是可以拍着我肩膀叫我阿中。

果然，他看着看着就看到我身邊來了，他從我肩膀旁伸出手，打算把桌上那支新款手機拿起來細看。這時，正走進屋來的秘書愛麗絲發話了：

「老先生請你先坐在前面好不好，鄭總打完電話就會跟你談的。」

這時候我應當放下電話招呼牟師傅的，不幸那電話正是羅拉本人打來的，她有煲電話粥的陋習，且最忌人家先說再見。我只好一邊朝他們倆揮手，一邊對着話筒哦哦啊啊。牟師傅回到了桌前，他坐了下來。不過立即又站了起來，道：

「你這麼忙你忙你的我先走了。我沒甚麼其他事情，只不過要把這東西交給你。」

他說着把一個紙袋放到我桌上，往外就走。

我忙對話筒裏的羅拉說一聲：「等下再打給

你！」一邊奔到門口拉住牟師傅：

「別走別走，我請你吃中飯。」

愛麗絲那娛樂節目主持人般的聲音又響起來了：「中午你不是約了招商銀行的金總嗎？」

「沒關係，大家一起嘛！」我道。

牟師傅對我笑笑道：「你們談公事，我夾在中間作甚麼？還是下次你空一點再說吧。我今天只不過來送你的檔案給你。單位撤銷時要大家去領回自己檔案。我就幫你領了。到期不領就會由他們處理。那還不是扔去垃圾箱。我想你也許不願意讓自己的檔案被別人看到吧？」

他走了。

長話短說。那天夜裏，凌晨十二點半，我打開了那紙袋。裏面有十多頁劣質字紙，每張下方都蓋有一至兩個紅色圓形公章。還有七八本封面上印有「覆歷表」、「登記表」、「申請表」之類字樣的表冊，我的碩士研究生成績單也在裏

面。翻着它們，我心裏有種奇異的感覺，好像我五十二歲的人生在我手指下面掠過，陳舊得隨時會在強烈的燈光下飄逸而逝，脆弱得稍一用力就會破碎成一片片。而就在這時，我看到了那張紙，看見了紙上那一行字：

利用在塔瑪溝林場代理食堂伙食員之便，貪污錢票 9.8 元正。

那天晚上我跟區政府的一名官員吃飯來着，作陪的有愛麗絲，還有數名公司裏的高層職員。我喝了差不多兩瓶紅酒，回家時也有五六分醉了。但是看到這一行字，我的醉意頓時全消，本來疲軟的筋骨為之一硬，本來惺忪着的雙目亦立即瞪圓，我的第一衝動是尋找主語。尋找這句話的主語。誰？誰貪污？

這行字位於一張表格的下方，以一名文學碩

士的閱讀經驗，我的目光自然而然向表格上方射去，於是我看見了，主語是鄭芃且。鄭芃且是我爸爸的名字。這份表格的下方，也有一個紅色圓形公章，還能看清上面的字樣是：黑龍江省庫爾汗林業局塔瑪溝林場革委會塔瑪溝林場文革領導小組。下面用鋼筆寫的日期也清晰可見：1970年8月17日。這是一份外調材料。被調查者是我爸爸。這就是說，我爸爸，他貪污。我爸爸是個貪污分子。

明白這樣一個事實之後，我頭腦中第一念頭是：牟師傅他看過了這張紙吧？幾乎與此同時，牟師傅臨走時那張面孔在我心中回放。我清晰地看到了他臉上每一條皺紋，那微微下垂的嘴角，流露出隱隱笑意。當初我給他起了個綽號叫笑面人。多年來處在倉庫管理員這個上下不討好的位置上，這樣一副諂媚中透着嘲諷、嘲諷中透着自尊的笑容，便像是長在他臉上的一副面具

了。我曾對着鏡子練習這副表情，試圖將此笑容移植到我的臉上，結果從未成功。當我離開單位去上大學的那天，牟師傅把他的秘訣告訴了我：「關鍵在目光。你看我的目光裏沒一點笑意。煉成這樣容易嗎？不容易。我花了半輩子才煉成的功夫，你小子想三日兩日學到？！」

不錯，此時閃現在我腦海中的那兩道目光，的確看不出一絲笑意。當我拍着他肩膀握着他手的一剎那，他的目光曾經與我的目光相撞。那目光中透射出的是甚麼？

「我想你也許不會願意讓你這份檔案被人看到吧！」

毫無疑問，牟師傅一定看了這份檔案！當然他也看到了這份外調，看到了上面這行字：「貪污錢票 9.8 元正。」他作何感想？在他得知我發達了，成了一間外資上市公司總經理級人物時，他心中何所思？當他被我冷落之後獨自回家，一路

上何所憶何所感？我的天吶！先前我真不該把他晾在一邊那麼久，現在，我覺得我已經解讀了他那尖利的目光裏的表情，氣惱，因氣惱而生的鄙夷：「貪污分子的兒子就是這個樣子啦！」「恭喜加入貪官奸商大軍！」我彷彿聽見牟師傅那沙沙沙的低音在耳邊鳴響，嚇了我一跳。

我從沙發上跳了起來，在屋子裏來回走動。這間客廳很大，足有一百平米。當初我就是看中了這個客廳而決定租下這房子的。客廳裏擺了兩圍沙發，可以形成兩個談話中心。同時接待五十名來賓是沒有問題的。不過後來的情況證明這是個錯誤判斷。三年來我這裏只有過一次聚會，來賓也不過是十多名。大多日子是我一個人住在這裏。每個月有那麼四五天，羅拉會來住一住。而不管是我一個人，還是我和羅拉兩個人，都是進屋就直奔洗手間，然後上床，根本顧不上享用大廳。事實上，在這屋子住了這麼

久，此時我才第一次仔細觀察這間客廳。怎麼了？所有的家具都蒙上一層灰不溜秋垂頭喪氣的神情？咖啡色的沙發啦，深褐色的地毯啦，都是褐色的，有着長長流蘇的絲絨窗簾，也是褐色的……當初我怎麼會看中這種主色調的？我的目光一顫，停在電視櫃旁的一個立式相框上。頓時，我明白了客廳顯得如此沮喪的原因：這相框跟華麗明亮的整體氣氛太不協調了。

這是一個 8R 相框，質地是皮革的，可是因為年代久遠，顏色從當初的油綠色變成了無以名狀的一種顏色，使人聯想起沼澤和死水那類事物。立在閃閃發光的一群現代視聽器材中，它是那樣淒慘悲哀，格格不入。尤其是當我的目光對準相框中那個人的時候。

那是一位老人的黑白半身照，他身穿幹部裝，滿頭白髮，額頭上有三道深深的抬頭紋，神情則疲態畢露，眼角微微下垂。從那雙黑洞般的

眼睛裏射出的兩道目光，雖然有神，卻好像不知道該落到哪裏去似的，有些淒惶，有些畏縮，我說不準，對這個人物的表情，我從來都說不準。總而言之，即算是置身於這樣一個俗陋的相框中，此人也儀表堂堂，不失忠厚。這是我爸爸的遺照。

長話短說。

二零零五年六月十八日，就在我站在我上海家中客廳跟我爸爸遺照對視的一刹那，我作出了決定：要去為我爸爸討個說法。貪污九塊八毛錢！真是天大的笑話！我想，假如說他貪污了九萬八千元、九十八萬元、九百八十萬元、或者哪怕是九十八元，我也不會這麼憤怒吧！一個在七十年代就貪污九百八十萬元的人物，簡直可以因其開巨貪之先河而為他樹碑立傳呢！可一個連九塊八毛錢都會去貪污的人，一個連窮伐木工隊伙食費都要去貪污的人，這樣委瑣而卑劣的行

為，太讓我、太讓我這張臉沒處擱了！

我爸爸無能，我爸爸窩囊，我爸爸是個失敗者，我爸爸沒給我們留下一分錢遺產，到死也只是個十八級幹部，以至於遺照也只能配上如此級別的差勁相框。一句話，當初我媽抱怨他時，對他所下的這些判斷全部都是真的，很到位，很中肯，不過，有一點我深信不疑：我爸爸是好人。想到我這個受苦受難一輩子、甚麼也沒掙得、只落得一個好人虛名的爸爸，竟然背上一個貪污九塊八毛錢的黑鍋去到彼岸世界，我坐不住了。

1

二零零五年七月十八日那天，我踏上了開往哈爾濱的火車。打算從那兒轉乘開往庫爾汗的火車。從那裏再坐四十分鐘汽車，或三、四小時牛車，就可到達塔瑪溝了。那便是我爸爸耗盡了他黃金歲月的地方，那是一個地處深山老林的伐木場。我爸爸從一九六零年至一九七九年，也就是他三十九歲到五十八歲，作為一名被監督改造的反革命分子，下放到那裏作伐木隊檢尺員。那份污穢我爸爸貪污九塊八毛錢的外調材料之源頭就在那裏。

我動身時沒跟任何人告別。羅拉遠在美

國，我跟她發了份電郵說是家有急事需請一個月長假，公司事情都安排好了。我想即算她看到電郵立即趕過來，也來不及阻止我了。但為了以防萬一，我還是採取了措施，乘火車而不乘飛機就是其中之一。因我深知羅拉的性格和能量，她一定會從航空公司追查到我的行蹤的。火車就很難說了。火車票不採用實名制。就連警察，要在火車上抓逃犯也只好在沿途火車站佈網。顯然，羅拉還沒有這樣的神通。

我隨身只揹了個裝有換洗衣物和簡易盥洗用具的牛仔包，隨手把個數碼相機放進去。考慮到長途坐車的枯燥，我想再塞進本書。這使我站在書架前頗費躊躇。這時我才發現我有多久沒看書了。除了一些偶然撞到手邊來的管理學、商業法之類的實用書籍，三年來我的書櫃再沒增加新書。我的目光先是落到一本《厚黑學》上，有個名叫胡胡的下屬把它推薦給我，「爽！嘿嘿，這個壞

蛋不太黑。」他把書遞給我的時候這麼說。想到他那輕飄飄的口氣和鼠頭獐目的形象，我便將目光移到另一本書上——《商界狼性法則》。喲，這本書是怎麼到我書櫃裏來的？大概是羅拉某日「無意」中插進來的吧？她慣於用這種迂迴的方法向我推銷她的人生哲學。我承認她很聰明，很能幹，很成功，可我不想在這次旅途中讓她如影隨形。也許，就此擺脫羅拉和公司的念頭，當時就蟄伏在我的潛意識裏吧？

　　總而言之，《五號屠宰場》這本書就在出家門的那一刻進入我的視野。書不厚，標準三十二開，這反而使它在那一長列越作越大的精裝書中特別突出，尤其是那灰不溜秋的封面顏色，就像一群高挑冶艷的美女中插進來一名村姑似的，反倒令人對那村姑刮目相看。不，不能這麼說，引起我注意的與其說是它雞立鶴群，不如說是書名下面那個著者姓名：庫爾特·馮尼古特。

二十年前，當我還是一名狂熱的小說作者時，馮尼古特是個令我敬而遠之的人物。此人被譽為當代美國黑色幽默小說領軍人物，可我不知為何無法領教他那種幽默。老芃茼說我缺少幽默細胞，這點我一直不肯服氣。果戈里、契訶夫那種俄式幽默我就很能欣賞，狄更斯、蕭伯納那種英式幽默我也可以介入，至於馬克·吐溫，馮尼古特的這位老鄉，可以說是我的最愛。《哈利貝克·芬歷險記》我讀了十遍還不止。每一遍都能讓我笑倒。但我總覺得馮尼古特的幽默有點莫名其妙，像是一個板着臉說相聲的差勁演員，儘管他老是用那種咄咄逼人的目光瞪住你，「笑呀！怎麼還不笑呀！」的意思呼之欲出，可你就是笑不出來。沒辦法，某種東西堵在喉頭、眼睛、嗓子眼，一言以蔽之，堵在身體的所有對外通道上，使你發不出常規笑聲來。不過我還是讀遍了當時能找到的馮尼格特小說，包括眼前這本。我

記得這本書如書名所示，共包括兩部小說。其中《五號屠宰場》是馮尼古特成名作，亦是黑色幽默小說獎的經典。對於一位野心勃勃要向諾貝爾小說獎衝刺的文學青年來說，不可不讀。我在得知書店有售此書的第一時間就去買下兩本。一本給自己，一本給冬子。我對他說：「此人的風格代表了當今最新小說創作潮流，比意識流手法高明多了。學着點！」

可我自己看了《五號屠宰場》的頭兩章就看不下去了。說起來也真是邪門，每次讀到那個名叫雍永森的傢伙，在他寫的小說中化身為名叫畢利‧皮爾格里姆的二戰老兵，開始穿梭於時間隧道時，我的上下眼皮就開始打架。不能說我沒作過頑強努力，我一次次地從頭開始，卻屢試不爽。當我第 N 次失敗之後，我有點憤怒了。這憤怒一半對我自己一半對作者：我固然不是個高明的讀者，但這作家也太過賣弄他的聰明了，簡

直成心跟讀者過不去。回憶當年慘痛往事你就一老一實回憶好了，幹嘛一時一九四一年，一時一九八一年，一時又一九二二年地來回折騰？這還不算，地點也是一會兒德累斯頓、一會兒埃廉、一會又是普萊西德的亂得很。最要命的是他時不時還要插進一段科幻小說情節。讓那主人公突然成了其他行星的過客。也許就是這種憤然對我身體的哭笑功能造成梗阻。結果，純粹是為了防備冬子來跟我討論那篇小說，我總算將《五號屠宰場》草草翻完。至於後面那一部，我是無論如何也不敢領教了。

此時，當我把這本書抽出來拿在手裏，我對《五號屠宰場》一點印象也沒有了。而且我突然發覺了一個多年來都未曾發覺的事實：冬子一直都沒來跟我討論這本書。這有違他的習慣。通常我送他一本書，他哪怕是出於禮貌，也會來跟我談談讀後感。是不是他對這部小說的感覺與我英雄

所見略同，讀不下去，只是跟我一樣不好意思承認呢？

我一邊這樣想，一邊信手翻書，此時，有一行字引起了我的注意：

我曾試圖寫一個我和父親在天堂團聚的故事⋯⋯

我的神經為之一緊，多麼巧！原來他也在跟他老爸糾纏不清。我連忙接着往下看：

實際上，本書的腹稿就是以這個故事開頭的。我希望在這個故事中和父親成為真正的好友。但寫出來的東西卻適得其反，寫我們熟悉的真人真事往往事與願違。

難道這段話預示着我此行的結果嗎？大概是

小時候聽我奶奶說鬼故事聽多了，使我成了一個十分迷信的人。簡言之，我當下便把這本書塞進了我那鬆鬆垮垮的牛仔包。

我寫以上這段話是要說明，我在出發時還根本沒想到過要將此行經歷寫下來。更加沒想到這本偶然撞到手裏的書會對我這段人生之旅發生作用。說我寫這本書是要跟馮尼古特較勁，也不算誇張。不過，這是就「較勁」這個詞最善意的含意而言。

長話短說。

二零零五年七月二十一日清晨，我站在了庫爾汗火車站的站台上。庫爾汗是這趟列車的終點站，這是一趟普通快車，一路上連六棵樹這樣的小站都停車五分鐘。每到一站，車廂就要在一陣喧嘩中空掉一點，使我想起大學畢業時那逐漸人去樓空的學生宿舍。我想我目送那些聒噪的旅伴們下車的目光一定有些異樣，跟我這副高大身軀

不成比例，以至於那位走到我鋪位前收垃圾的列車員不無關切地問我：「你到哪下？」

「庫爾汗。」

「辦事？找親戚？」

我搖頭。

「我看着也不像嘛。」她道，「去庫爾汗的人我差不多都認識。難不成你是來旅遊的？」

我含糊地應了一聲：「差不多。」

這位粗眉大眼的中年婦女倒沒流露「竟有人到這種地方來旅遊」的意思，反而熱心跟我介紹：

「你下車後可以找我姪子的出租車把你拉去局招待所。那地兒是全庫爾汗最高級的客店。豪華着呢，安全着吶！你千萬別隨便上別人的出租哦！小心騙子。」

「我怎麼認得出誰是你姪子誰是騙子呢？」

「好認。我姪子長得特英俊，特像劉德華。另外那幾位司機長得都不咋的。庫爾汗一共也就四

輛出租。」

　　果然，當我隨着寥寥幾名下車旅客走到站外時，一眼就看見了一名英俊青年靠在一輛出租車上朝我招手。不過，假如不是列車員介紹過了，我是寧可找另外那兩位的。那兩位固然不英俊，可一望而知比較本分，面容是東北漢子的那種黑紅，穿著平實普通；英俊青年則不僅長髮，還是金毛。上身一件格子襯衫，下身一條破破爛爛的牛仔，當然不是真的破了，而是流行的那種仿舊式樣。不過他笑容倒蠻燦爛的。也許他姨跟他打過招呼了。他一邊向我招手一邊道：

　　「去招待所是不，來，上車。」

　　「多少錢？」

　　「五塊。起步價。」

　　在拉我去招待所的路上，金毛劉德華迅速使我改變了對他的不佳印象。他態度不卑不亢，禮貌而自尊。當我告訴他我三十二年前來過一次庫

爾汗、並驚歎庫爾汗這三十來年的變化時，他也沒大驚小怪問長問短，而只是「哦」了一聲，很得體地說了一句：

「是吧。」

「當然啦，」我道，「當時全鎮只有一條大街。也許因為我那次來時是冬天吧，看不出馬路是否鋪了柏油，只見牛拉着爬犁在雪地上走。夜裏躺炕上，還聽見狼嗥，就在那一年，有個女的被熊吃了。」

金毛道：「現在爬犁很少看到了。我小時候倒是坐過爬犁——我是八一年生的人。熊如今再也見不到了，要是見到，牠還來不及吃人就被人吃了。眼下熊掌的價錢到了四位數，還盡是假的。」

「你是土生土長本地人吧？」

「沒錯，」他道，「我在這裏從小學上到高中。你上次來住哪兒？那時這地兒還沒招待所吧？」

我猶豫了一下，告訴他我住朋友家：「姓奚

的一位朋友。」

「奚大為！」金毛回頭看看我，目光中閃灼出幾分好奇，道，「肯定是他，庫爾汗姓奚的只有他一家。他現在可大發了，生意做到了齊齊哈爾。分公司開到了廣州——說不定香港，去年他還回來過。」

「也坐你的車？」

「坐我的車？怎麼會！人家坐自己的私家車。好傢伙，奧迪，專職司機。那小子一口一個奚總地叫着，跟前跟後。別說司機了，我們局長、書記、鎮長甚麼的，都圍着他叫奚總。我爸爸想請他吃個飯，嘿，根本就排不上號。想請他吃飯的人都排到牙克石了。你要是跟他一塊來，那就輪不上我這號人來接你了。對了，你既是他老友，何不請他寫個條兒帶上，那在庫爾汗可就能呼風喚雨啦。」

「這麼說他混得蠻得意的囉。」

「可不是咋的！」

金毛的話無意中說到了點子上。可是說真的，在他說出那番話之前，我根本都沒想到要去找奚大為，連一閃念都沒有。聽到金毛的話時我才感到驚奇：怎麼我看到那份惡毒的外調材料時，就沒想到去找奚大為呢？一九七零年，那份材料發出之時，我爸跟他爸都在塔瑪溝。我爸是監督勞動對象，他爸是工隊長、我爸的頂頭上司。不過他倆卻是好朋友，我爸不止一次告訴我，要不是老奚頭，他早就沒命了，不是給人打死，也是被熊咬死。老奚頭兩次救了他的命，他們是生死之交。而他們能有這份友誼，跟我也不無關係。六十年代初我在庫爾汗上小學時，奚大為是我同班同學，最好的朋友。所以，一九七三年我去庫爾汗看我爸時，理所當然地住在了奚大為家。

那為何我此來庫爾汗不找奚大為呢？原因很簡單，我跟他早已斷了來往。

但當我再一細想，卻發現問題並非如此簡單。在通訊設施如此發達的當今社會，我要是真的想找到奚大為，一點不難。說不定在谷歌打出他的名字就能解決問題。還可以打電話到庫爾汗派出所。老奚頭比我爸年紀輕，多半還活着。再不行，請朋友幫忙到齊齊哈爾工商局查一查，至少在九十年代初，奚大為的公司是在那裏註冊的。所以，我沒去找奚大為，真正的原因不是找不到，而是壓根兒不想找。我們早已不是朋友了。一九八零年我爸爸去世，我曾往奚大為在北京的公司辦事處發去了訃告，沒有任何反應。他既沒回信也沒出現。之後，我們就再沒來往過，斷了音訊。有時我也會想起他，這小子現在混得怎樣呢？是成了大款還是進了大牢？我對自己說，但願是前一種情況，他如願以償

當官發財。然而，當我坐在庫爾汗林業局招待所那發出一股霉味的房間，呆呆望着對面那台劣質梳妝鏡裏自己那老冉冉其將至的面孔時，我知道了，其實我更希望看到的是後一種情況：我寧願奚大為坐在牢房裏反省自己的違法亂紀行為，也不願看到我們兩家人曾經那樣美好的友誼落得如此下場。

2

—

　　算命先生老是說從一個人的名字可以推斷出
他的命運。我活的日子越長，越覺此話有理。因
為父母往往在名字上寄託了他們對這孩子的期
許。而那孩子之後不知不覺就會照他父母的期許
發展。你看老芃茼的名字與他的性格和事業多
麼和諧。姓老就是一奇，又取名為芃茼，真是絕
了。我的名字鄭中則是我半生命運的寫照。中者
半也，不上不下、不高不低、不偏不倚，無過無
不及。可見我爸爸給我起這個名時，就沒希望我
成大材，「歡迎你來到地球，搞不好你要在此停留
一百年哦！所以四平八穩為要。」我在自己這名

字裏聽出的便是這層意思。不過，雖然我不斷努力掙脫命運之網，卻從來沒打算改名。因為我的性格與人生，的確與這名字相配。

我爸爸就不同了。

我爸爸原名叫鄭鵬舉。這名字是他父親給他起的。他父親飽讀詩書，原指望科場得意的。不料就在他要去趕考那年，科舉制度被廢除了。這成了他終身遺恨。於是當他得了第一個兒子，就給兒子起了這麼個名字，期望他鵬程萬里，舉翼高飛。這裏本來用「展」翼比較好，可老頭子覺得「舉」翼更能體現出他的隱衷。我爸爸一九四九年入革大學習時，卻將自己的名字改為鄭芇且。人們都將他這個「且」讀成「而且」的「且」，我爸爸去世前不久才告訴我，其實這個字在他名字裏讀「Ju」，平聲，我翻了新華字典，發現讀「Ju」的「且」是個文言助詞，沒甚麼實意，相當於「啊」。而「芇」則是草木茂盛

的意思。我想我爸爸改這個名大概有夾起尾巴作人的意思。他嫌原來那個名字太張揚了，不符合他那二十九年的人生。從今往後，他要本本分分作棵小草。但中國字是很奇妙的。我發現《新華字典》讀「Ju」的「且」字下面所舉的唯一例句是：「狂童之狂也且」，那麼跟前面的字義聯在一起，是否我爸爸他私心所繫，仍然有不甘心作一棵平平凡凡小草的意思呢？不得而知。我能確切判斷的只有一點，這次改名表現出他對名實一致的執拗追求。

我爸爸在他人生開始的一段的確有令祖父欣慰的成長勢態。他四歲入私塾，七歲入新式小學，由於能背整部四書，他在當地有神童之稱，所以人家讓他跳班直接讀三年級。而他也不負眾望，學習成績一路領先，以第一名的成績考入初中、高中。十七歲那年，他已是西南聯大外文系的一名學生了。眾所周知，西南聯大是北

大、清華、南開三所大學抗戰時期的合校。當時這三所大學都撤退到了昆明。所以我爸爸等於是同時進了這三所中國頂尖名校。他同學很多都成了大人物，可我爸爸的命運卻在這期間出現了逆轉。大二時，他被徵調到陳納德美軍飛虎隊作翻譯。這本是一件令人羨慕的事情，既參加了抗日，生命危險又不是最大，且非常能滿足他那年輕人的虛榮心。我爸爸後來在他一篇回憶錄中（這是他發表過的唯一文字）寫道：

　　　　自從我們進駐這個湘西小城，日本飛機就不敢再來轟炸了。而大西南後方的交通運輸線也得到了保護。所以，我看到的小城是市民安居樂業，市場一片繁榮景象。我們走到哪裏，老百姓都笑臉相迎。由於我們翻譯也穿著美軍軍裝，老百姓以為我們也是美國人，看到我也會舉起大拇指用生硬英文道：「發力過得發力過得！」我則

模仿美式中文答以：「頂好頂好！」。

　　這還不算，還有一樣非常重要的好處，就是美方許諾，服役滿三年，便有機會公費去美國留學。說「非常重要」只是我的看法，有過三次被美國領事館拒簽經驗的我，自然會把這一承諾看成是天大的好處，我爸爸當初卻不是這麼看的。四十多年後，即算他歷盡風波，拖着老病之軀從大興安嶺回到北京，提到這件事也是淡淡的：

　　「差了一個月，所以我連申請都沒提交上去。」

　　原來，爸爸在飛虎隊差一個月就滿三年時，被查出來患上了肺結核，因而不得不提前退役。唉，那場肺結核真好像是針對我們家而來的一個陰謀，主謀便是冥冥中那個上蒼。不然怎麼解釋肺結核遲不來早不來，偏偏在那個骨節眼上出現呢？它把我爸爸的美國夢擊碎之後，馬上就退

去。爸爸後來肺部健康極了，再沒出過毛病。他最後死於心臟病。

話說我爸爸跟飛虎隊拜拜之後，便運交華蓋。也不知道他怎麼想的，按規定他這三年可以算學分，回校就可直接拿到畢業文憑。但他沒回去拿，卻跑到一家報社作了記者。那時已是抗戰末期。由於他有過從軍經歷，便給派去作了戰地記者。不料，第一次上前線採訪就給一顆子彈打中了左腿。等到他在醫院治好了傷，抗戰就結束了。人們都亂哄哄趕回家鄉。他也想快點回老家看看家裏人怎麼樣。正好他有個同學在教育部一個管復員的部門工作，說是他們急需用人。後來，當我抱怨我爸爸不跑去延安也就罷了，怎麼竟然上了賊船，成了國民黨政府僱員時，他回答得支支吾吾：

「他們有車⋯⋯」

意思是教育部有撤退車輛，他想搭他們的順風車回家。可一直到他去世前不久我跟他的一

次聊天中，他才告訴我，當初他在革大參加審幹時，對這一問題的回答可不是這樣。當人家要他交代那一段反革命歷史時，他在氣急敗壞之中，竟然對人家說：

「我總得工作，總得吃飯吧，國民黨也抗日了。」

就是這句話讓他倒霉了大半輩子，後來成為把他打成漏網右派的主要罪狀。在京郊那間燈光幽暗的出租房裏，爸爸細弱的聲音像是來自另一個世界：

「我脾氣太壞了。這害了我一輩子。」他道。

「不對，」我道，「害了你一輩子的不是壞脾氣，而是你思想沒改造好，國民黨是從山上跑下來摘勝利果實，共產黨才抗日。」

爸爸嘴唇張了兩張，似乎想說甚麼，但終於沒說出來。

長話短說。

一九五九年，我爸爸的霉運走到了高潮，那年冬天，他作為漏網右派給下放到大興安嶺這個叫庫爾汗的地方林業局作出納員。

　　我爸爸逃過了三反那一劫，也神奇地逃過了五七年反右那一劫，但他竟然在一個沒想到的地方栽了跟頭。一九五九年的那場反右傾運動比起建國後所有的運動來，算是涉及面最小的。一般來說只有黨內高官才會中招。我爸爸也許是唯一例外。那時他只是一個小小十九級幹部，在農林部作着個小科員。閒來他愛去部裏的閱覽室翻翻外文科技雜誌。有一次正好在那裏碰上個老頭也在翻，他們是僅有的兩名外文雜誌讀者。大概在一種所謂惺惺相惜的情緒支配下，兩個人攀談上了。我爸爸這才大吃一驚地發現，那老頭竟然是副部長。我爸爸覺得老頭人挺好，一點架子也沒有，外文水準也挺高。兩人以後在機關裏碰上，就會互打招呼聊兩句。這樣，一九五九

年的某日，組織上來找我爸爸談話了。據我父親回憶，形式非常慎重其事，地點在黨委會辦公室，在場者有三人，包括部裏組織部門負責人，還有一名記錄。個個神情凝重。他們開門見山地讓他回憶副部長跟他說過些甚麼。當我父親表示沒說過甚麼時，他們便告訴他，副部長現在因右傾言論已被列為審查對象了，所以現在對於我父親來說，正是一個表現他無產階級革命立場是否堅定的關鍵時刻。如果他站出來揭發副部長，就表示他站在了黨和人民這一邊，黨和人民會記住他的；反之，後果就很難說了。

一九七九年我陪爸爸出席那位副部長的追悼會時，我曾問我爸爸：「那麼，你揭發了他沒有呢？」

「廢話。」爸爸道，「揭發了我今天還有臉站在這裏？」

副部長死於一九六八年，他是關在牛棚裏

被毆打致死的，死後屍骨無存。現在這個追悼會屬補開性質。擺在靈堂的那個骨灰盒，裏面空空如也。沒人通知我爸爸去參加追悼會，他太渺小了，又剛剛從大興安嶺回到北京，還沒找到接收單位。他是自己聞訊跑去的。他去了就站在副部長的遺像前，深深鞠了三個躬，然後一聲不響地離開了。連名都沒簽。

對他這一行止，我當時很不理解。因為爸爸當時正為找工作的事上下奔走。追悼會上當時辦他專案的人也來了，不是正好可以抓住那傢伙申訴一番嗎？我向我爸爸道出了我的疑問。爸爸回答我的那句話，令我刻骨銘心：

「在張公靈堂前跟手上沾着他鮮血的人乞討，我還是個人嗎？」

這句話把我帶回到一九六五年那個冬天的晚上，在庫爾汗火車站的站台上，我爸爸送我跟我媽回我媽的家鄉。頭天剛下過一場大雪，世界好

像變成了一個深不可測的冰窟。我媽是直接從醫院病房出來的。她得了肝硬化，奄奄一息。她堅決要求回老家去死。我爸背着她。大概是有感於我爸呼哧呼哧直喘氣的聲音，我媽就說：「你應當讓老于送一送的，他有大爬犁。」

老于是我爸爸同事，就住我們家隔壁，他老婆還是我媽江蘇同鄉。得知重病的我媽將被送回老家，那女子就對我媽說讓她丈夫來送一送，卻遭到我爸的堅決拒絕。

我爸道：「我不想跟他來往，我跟他不是一類人。」

老于是甚麼人呢？在我看來，他也沒甚麼大不了的不好。他平時只不過有點吹牛拍馬，愛打打同事的小報告罷了。另外，他在伐木隊當副隊長時，曾有過多吃多佔的不良記錄，因此調到儲木場降職使用。我媽說，他家有五個孩子，生活困難，多吃點多佔點也是人之常情。可

我爸卻說，一個侵佔工人血汗錢的人，甚麼壞事都幹得出來。其實老于對頂着右派分子帽子的我爸爸，態度也還算友善。反而我爸爸倒對人家老是冷冰冰的，敬而遠之。對我媽與他老婆的友好往來也老是採取批判態度，與他對老奚頭的態度絕然不同。其實在我看來，老奚頭當時對待我們的態度比老于差遠了，他卻堅決不肯跟老于來往。我爸爸他就是這樣把人品看得比甚麼都重要的一個人。

3

　老奚頭就是奚大為的爸，這一點前面我已經交代過了，我沒交代的是他們也是我們當時的鄰居。老奚頭那時在山上伐木隊當隊長，一個月才回家一次。一九六四年他還不太老，我管他叫奚叔，他老婆奚嬸帶着三個兒子住在我們後面那一棟。其中最大的一個孩子就是奚大為。

　奚大為比我大三歲，是我們班上年齡最大的同學。我們的班主任是個十九歲的年輕姑娘。我還記得她姓劉，哈爾濱人，高中畢業，因嫁給局人事科一名幹部而來到此地。那男的是她高中同學。家裏人反對他們的婚事，說哪有哈爾濱人嫁

去那麼個小山溝的。可是她追求婚姻自由，堅決反對他們的封建落後思想，偷了戶口本跑去派出所遷出戶口。她爹說她再跟那男同學來往就要打斷她的腿，所以劉老師離開家的時候，除了身上的衣服甚麼也沒拿。因為沒錢，坐了三天三夜火車，她沒吃一口飯沒喝一口水。這些都是她自己在課堂上跟我們說的。她特喜歡上課說家事，往往上着上着課，她就說起這些事，好像我們都是她的閨密似的。有時說着說着還哭了。

有一次她抹眼淚的時候，坐在我後面的奚大為正拿一把草在我後脖子上掃，把我癢癢得不行，於是我忍不住「噗哧」笑出聲來。劉老師立即煞住眼淚，狠狠盯住我：

「你笑甚麼？」她厲聲道。

我慌了，結巴着道：「毛毛……毛毛……」

我想說的是毛毛草在搔我，劉老師卻似乎把我這半截話作了另一種理解，她的臉一下子紅

了，雷霆大作：

「你……你這個右派崽子！」她轉過臉來對着全班，「同學們，知道右派分子是甚麼人嗎？資產階級！反革命！你給我站起來！滾出去！」

我就是這樣知道了我們家之所以一下子從北京流落到這小山溝裏的真相。之前我父母一直沒告訴我爸爸政治身份上的這種變故，當然更沒告訴我右派分子是甚麼意思。最糟糕的是，我班上那些同學也跟我一樣如此蒙昧。他們一直以為既然我們是從北京來的，那就是中央幹部；既然我看到過天安門，那就非常了不起，因而都對我特別的熱情友好。可那天下課時，我卻發現自己變成了類似印度低賤種姓的人物，大家都不跟我玩了。我一走近他們，他們就像逃避瘟疫一樣連忙躲開。有個女孩，平時老追着要借我的塑料墊板，這玩意在北京很平常，在這山區卻十分稀奇。那天沒人跟我玩了，回到教室看到她一個人

在寫作業，忙拿着墊板討好地走過去說：「給你用。」

誰知她抬起手來，用手上的鉛筆把那墊板一下子從桌上撥開，道：「我才不要！」

墊板啪地一聲落到地上。我覺得那一下好像直接打在我臉上一樣，呆住了。正站在那裏不知如何是好，從旁邊伸過來了一隻手，把那墊板撿起來塞到我手上。我抬頭一看，此人正是奚大為。

在那被全班同學杯葛的日子裏，奚大為是我唯一的玩伴。可以說後來同學們漸漸不再歧視我，恢復了與我的正常關係，都是因為奚大為。他在班上非常有威信。這不僅因為他爸爸是老黨員、工隊長，還因為他學習成績也不錯，特別是體育好，樣樣項目他都是一學就會，還拿過校際溜冰冠軍。人也長得高大俊美，特別是一雙眼睛，又大又亮。每天放學，身為文體委員兼

路隊長的他，就會站在我們班的隊列前，目光炯炯，把胳膊往左邊一揮道：「鐵道東。」又往右邊一揮道：「鐵道西。」

意思是說住鐵道東的人排在左邊，住鐵道西的同學排在右邊。每當此時，我對他的敬佩與崇拜簡直達到了頂點。我甚至找不到一個合適的詞語來形容當時我的那種感覺！奚大為的爬犁也是全班第一。爬犁是他自己作的，滑桿用的是兩根白樺木，上面釘着兩塊鐵條。他把紅領巾解下來綁在前面，滑動起來像一面旗幟迎風招展。我們爬上高高的鐵道，在那個廢棄工房旁邊的大斜坡上，好些張爬犁一字排開，每個人都伏在自己的爬犁上作起跑狀：一、二、三！嗖地一下，只聽見耳邊呼呼的風響，紅旗永遠在前面招展，奚大為永遠第一。直到今天，我腦海裏只要浮現出奚大為那一爬犁手形象，還是會渾身血流加快。我真喜歡他，我真為他驕傲！

奚大為後來對我說，他之所以作了我的朋友，主要是覺得我之所以得罪於劉老師，部分原因在他，他心裏過意不去。不過我總覺得那是因為他心眼好。起先他還有點怕劉老師說他敵我不分，只是放學後才敢跟我玩。可是自從被人向劉老師檢舉，說他跟我好，因而被劉老師怒斥為「兩面派」之後，他乾脆破罐子破摔，就是在學校裏也找我玩。「怎麼啦！」他對那些冷眼看着我們的人道，「我媽說的，所有的孩子都是好孩子。」

這裏我必須特別說說奚嬸。雖然我跟她接觸的日子並不多，而且每次看見她，她都是這裏那裏地忙着，顧不上招呼我，但我總覺得，我到現在還算是個好人，跟她有很大的關係。奚嬸是我所見過的人中間心眼最好的。她雖然沒甚麼文化，說起話來卻像受到專門教養的大家閨秀，總是那樣和言細語，柔聲晏晏。我從來沒見過她跟

誰發火，可她卻把她家四個男子漢治理得風調雨順，心平氣和。她家的家庭氣氛特別溫暖，從沒聽過誰起高腔。自從上她家去過第一次之後，我有功夫就要往她家跑。我想這是因為跟她家一比，我家的氣氛就不對勁了。正如跟她一比，我媽就顯出了明顯差距一樣。

應當說我媽也有一份與人為善的好心，可是她那好心似乎更多是後天教育的結果，秉承某種道德規條而來，就是說外在的成分居多；因此一有風吹草動就會發生變故。她出身於一個恪守傳統道德的大家族，賢妻良母、貞女烈婦那套教育深入她的骨髓，所以丈夫雖出了事，她還是毫不猶豫地放棄留在北京的機會，選擇陪着我爸下放到大興安嶺。但來了之後，她臉上再也沒出現過笑容，成天愁眉苦臉，唉聲嘆氣。她倒是忠實地履行家庭主婦的職責，每個月都拆洗被褥，每頓飯都按時開飯。但哪怕就是端上一盤

雪白饅頭時，她臉上也沒有笑容，往往呼地一聲把盤子往桌上一頓，道：「吃飯！」口氣就跟說「去死」似的，叫我的心往下一沉。如今我們知道，這是憂鬱症的典型症狀。但那時還沒憂鬱症這一說。我爸爸開頭還勸勸她，後來就也愁眉對愁眉，有時還免不了惡語相向，說你不如不來，你來了又這樣，只會增加我的負罪感。我媽聽了，並不跟他爭吵，只是冷冷一笑，連連嘆氣。沒多久，她就病了。

奚嬸不知從甚麼渠道得知了我媽的病。有一天我在她家玩，她把一包東西塞到我手上，說：「拿回家讓你媽吃。對她的病好。」

那是一包白糖。

一九六零年一包白糖意味着甚麼，只有從那個年代過來的人才能理解。在我們那小山溝裏，要過年過節才會每人配給二兩糖，還是那種黑褐色的「古巴糖」，吃下去有一股焦糊味。我

媽得了肝炎之後，拿着醫院證明到商店裏也只買來了「古巴糖」。每月半斤。我媽像吃補藥一樣每天吃一勺，也只能吃十來天就沒了。拿到奚嬸的糖她激動極了。我還記得她當時打開包來看到糖時的形象，那張日見乾澀的面孔好像被五月陽光照耀到了似的，頓時光彩照人。

「白糖！」她道。得知是奚嬸給她的之後她更開心了，「啊，一定是老奚讓她拿的。」

我雖然那麼小，但拜劉老師所賜，提前進入了成年人的世界。因此能依稀聽出她這句話的潛台詞：老奚是黨員，不大不小還是個領導，作為領導的老奚，讓奚嬸送糖給我們，就表示了組織上對我們的關心。組織上關心我們，就表示還把我們當人民看待。那個時候，「人民」是「人」的代名詞。如果你被劃出了「人民」範圍，在旁人眼裏，就豬狗不如。我媽捧着那包來自於老奚家的白糖，熱淚盈眶。臉上那副表情，讓人想起革命

電影裏枯木逢春的受苦人。唉，人的期望有時是多麼卑微！記憶所及，那好像是自我爸出事之後我媽最高興的日子。

那天晚上我聽見我媽跟我爸低聲談了很久，這也是好久沒有過的事了。長久以來我們家都是一片死寂，屋裏雖有三個人，卻安靜得像座墳墓。那包白糖打破了這份靜謐。我爸對這包白糖雖沒有我媽那麼喜形於色，但顯然也很開心，他盯着那個包包看了會兒，道：

「伐木隊頭頭們前些天配了白糖，看來她把老奚那份給咱們拿來了。」

他沉吟了會兒，又道：

「咱們不能白吃人家的。」

那天夜裏我聽見他們嘰咕了小半夜。第二天早上我上學時，我媽把一個本子交給我。這是我家的糧本，用來買糧食的憑證，那年頭就是一家人的命根子。我媽蹲在我面前，隆重其事地對我道：

「你把這本子給奚大為。這上面有三十斤糧，是我們家多出來的，你讓他媽去買。他們家三個男孩子，糧食一定不夠吃。」

她的猜測沒錯，奚大為一天到晚老是說肚子餓。我常常從家裏偷個土豆去學校的火爐烤着吃，每次都要分給奚大為一半。他對我的回饋就是領我去學校後面的小河，用鐵條鑿開了結冰的河面撈魚。到了夏天，他就領我爬上那些大榆樹，坐在上面摘榆樹莢吃，或是上山挖都柿吃。一句話，我們一天到晚的活動都離不開「吃」。奚大為還擔負着給家裏買糧的任務，當我在放學的路上把糧本交給他時，他一反平日的多嘴多舌，甚麼也沒說，只是一臉嚴肅地接過糧本，定定地看我一眼，便飛身往他家裏跑去。第二天一整天，他也沒提到糧本的事，但是放學之後，他卻拉我去他們家：

「我媽要跟你說話。」

一見我跟在奚大為身後走進門，奚嬸便破天荒地放下手裏的活，拉我站到她面前：

　　「你們把糧都給我們買了，你們吃甚麼？」她道。

　　「我們吃得少。」我說，「特別是我媽，她病了以後，吃得更少了。我媽說，不給你們買也是作廢。」

　　「真的嗎？」奚嬸道。

　　我說：「真的。」

　　那一刻，我們的目光相對，她看着我，我也看着她。假使她的目光流露出一丁點兒審視、疑惑、甚至憐恤同情之類的表情，我都會覺得受了傷害，但是我在那目光裏看到的只有欣喜，欣喜一點一點地從那漸漸泛起的淚光中閃現。

　　「成。」奚嬸說，「那我們就買去。一下子能多買這麼多的糧，你媽這可是天大的人情吶！我正愁這個月糧食怎麼到頭呢！你媽真是好人！你

跟我謝謝她。改天我去看她。」

　　說着她把另一個本子放到我手裏，這是她家的糧本：

　　「你把這本子給你媽拿去，讓她把上面那半斤油打了去。」

　　「那……」

　　「我們家不怎麼吃油，我們北方人不吃炒菜，用不了油。你就這麼跟你媽說，她不打也是作廢。」

　　長話短說。就這樣，我們住在庫爾汗的那三年，兩家一直保持了這種互換糧本的關係，他家買我家的米，我家買他家的油。彼此相得益彰。漸漸地，奚嬸跟我媽來往起來，成了朋友。不過，一直到我和我媽離開庫爾汗，兩家人的這種友誼，只涉及兩家的婦女和兒童，而那兩位男戶主，亦即奚叔和我爸，卻一直都保持局外人的狀況。記憶所及，我在奚大為家只碰到過他爸爸

兩次，都是在過年的時候，他們一家在吃飯。奚叔盤腿坐在炕桌旁，正對門口的方向，他腰圓膀壯的，在童年的我看來就像一座鎮山鐵塔，威嚴可懼。黑紅黑紅的臉上，沒有甚麼表情。當奚嬸招呼我上炕吃飯，他也朝我點點頭，拍一拍身邊的位置，但並不言聲。我便立即倉皇退出。

我忘了我媽是否與奚叔碰過面，可以肯定的是，我爸爸和奚叔是絕對沒在對方家中碰過面的。儘管我媽和奚嬸三天兩頭互相串門，但兩個男人從不介入兩個女人的友誼。不過，從我爸這方面來看，他對奚嬸與我媽之間的這種交往是表示贊同的。有時在家裏遇見奚嬸，他還會跟她寒暄幾句，問問孩子，問問柴米油鹽之事。不過，從未問過奚叔。只有一次，奚嬸似乎無意中提起奚叔被木頭砸傷了在家休息。我爸爸說了一句：「替我向他帶個好。」

老奚與我爸之間的交往，起於我們離開庫爾

汗的那個晚上。

　　奚大為是那天晚上送我們上火車的唯一一個人。當我爸爸背着我媽走上站台，我在後邊托着我媽的腰，奚大為就走在我旁邊，手裏提着一個大網兜，裏面放着一隻臉盆和一個鋼精鍋，鋼精鍋裏放着兩個大饅頭和十個玉米麵餅子。玉米麵餅子是我爸爸貼的，饅頭是奚嬸給蒸的，但奚嬸本人卻沒出現。這使得我媽到死也沒原諒她。「人情真是薄如紙吶，」一九六八年，她在臨終的床上這樣喃喃自語，「她來一下就會死嗎？」我一再地告訴她，這不公平，奚嬸讓老奚來了，這比她本人來更能說明問題。

　　「是嗎？我沒看見。」我媽道。

　　這也是真的，我媽一直都沒看見他。當我們一行四人艱難地行進在通往火車站的小路上，老奚只是空着一雙手遠遠地跟在後面，與我家這一行列保持十米以上的距離。所以就連奚大為也沒

看見他爸。我也是火車已經開動時，從即將關上的車門口往外面匆匆一瞥時，隱隱約約看到遠處那個粗大的黑點，像個不期而至的驚歎號，閃現在冷寂的雪地上。那時，我沒有想到那是奚叔，我被與奚大為分別的巨大悲哀搞得麻木了，即算是個天大的驚歎號，也不能震動我的心。

4

—

　　馮尼格特說他之所以二十三年後才寫出他二戰時在德累斯頓的所見所聞，是因為當初他把這事想得太容易了，結果反而寫不出來。他的原話如下：

　　當時我認為寫德累斯頓的毀滅是輕而易舉的事，只需報道我目睹的那些情況就行了；況且我還認為這部作品一定會成為名著，或者至少會撈一大筆錢，因為這書的題目很大。

　　不過當時我腦子裏關於德累斯頓並沒有多少話好講——橫豎不夠寫一本書。就是現在，兒

子已經成人，我已是一個飽經風霜、縈懷往事、愛抽帕瑪牌香煙的老頭兒了，卻依然沒多少話好講。

當我看到這段話時，正靠在庫爾汗林業局招待所的沙發上，等着金毛的電話。先前他答應我去打聽老奚頭。他告訴我老人還活着。馮尼格特這段話使我心裏一跳，不由得把書放端正了點了，把眼睛睜大了點兒。我身體裏小說家的那根弦被撥動了，突然之間我感到萬水千山之外有個人與我心心相印。這種感覺是如此強烈，我甚至不由得把另一隻手正捏着的那支香煙看了一眼，以確定它是中華牌而不是帕瑪牌。自從開始寫作之後我一直都抽這個牌子的香煙，習慣了，再高級的洋煙也替換不了它。

不，這傢伙說得還是不對，那只是一個從德累斯頓廢墟中死裏逃生的美國二戰老兵的感

覺。比起那一場浩劫，我們所遭遇的這場浩劫還是有很多不同。背景也天差地別。當他們遭遇那場浩劫時，好歹還有全人類陪着他們一塊兒遭罪，全球同聲一哭，大家都明白那是怎麼回事，而且真相一直在不斷被揭露着，從未停止。他當然沒多少話好說啦。僅僅是關於德累斯頓那場大轟炸，就有數以千計的著作談過了。有些還是專著，專門探討其前因後果、歷史根源、心理創傷、文化背景，等等。可是，有誰想到我們這裏那些在正義、革命、純潔、理想、解放、忠誠這些美麗名詞的裝飾下窒息而死的心靈？不是一下子死的，他們像是在冷水中被放入蒸籠的螃蟹，漸漸死去。那種死亡的疼痛，甚至在死亡已成事實之後還在延續。因為不斷地有一些不明真相的人，包括那些吃着他們政府救濟的麵包牛油開着小車找工作的鬼佬，甚而至於，當年二戰那場大屠殺受害者的後代，也在羨慕着我

們、要跟我們的偉大革命玩前仆後繼呢。

我感到心裏有股火在往上冒，對了，九塊八！誰能理解這個數字加諸於我爸爸頭上時，我心中的那種說不清道不明的憤怒。說不清從何而來，道不明誰是迫害者，誰是被迫害者。喂，老芁崗你又有難了！我想再寫一本書，還是關於我爸我媽的。

金毛來我房間敲門時，我正在給冬子打電話，所以只能朝他點點頭讓他先坐下來。冬子那頭正說得十分興奮，掛不了。我能感覺到他牢牢抓住話筒的那副神氣，好像那是一根能把我從地獄裏拉出來的救命之線，稍一鬆手我就會再次掉下去，萬劫不復：

「聽我說！你聽我說！」冬子道：「接到你的電話我太高興了，你終於醒悟了要回歸文學。太好了太好了！你有才華，你真的有才華，你一定會寫出好作品來的，相信我！」

可我怎麼感覺他話裏有股子呼籲的勁頭，就像我站在樓頂要往下跳，而他身為談判專家、身邊還站着個警方援救人員似的，那人朝他又是擠眉又是弄眼，示意他無論如何要說服我回到安全地帶。

　　「冬子，我是不是被警方列為失蹤人員了？」我道。

　　「沒有沒有！你怎麼會想到這上面去。我只是太高興了有點語無倫次。啊，都忘了把一個好消息告訴你：你那部《報春花》被列入中學生百部勵志好書了。老芃茴說可能會重印。」

　　「冬子，我打電話只不過想跟你談談馮尼格特。可現在不行了，沒時間了，等會再打給你。」

　　「等等！等等！告訴我你在哪！把你手機打開！喂——」

　　但我沒理他。我放下話筒。金毛立即迫不及待走過來衝我道：

「找着啦!」他道,「奚大爺家的電話。」

「啊,太好了,給我給我!」

「不過他現在不在。去他老兒子家了。在齊齊哈爾。」

還沒等我來得及表示失望,他便立即道:

「過兩天他就回來。咱們現在去河沿區——你有個老同學要我送你去。奚大爺的電話就是他給我的。」

「誰?」

「于三毛,于老總。」

5

　　說來有點奇怪，無論我怎麼回想，也記不起于三毛當年的模樣了。其實在一九六一至六四年間，于三毛幾乎與我朝夕相處。他是老于五個孩子中唯一的男孩，就住我家後面那趟房，我家後窗對着他家的菜園子。窗戶沒結冰的日子裏，每逢我往窗外看，總能看到他站在菜園門口，手拿一個紅蘿蔔或是白蘿蔔甚麼的在咬。而旁邊總是有個孩子圍着他蹦跳着唱順口溜：

　　「小三兒小三兒，／吃紅蘿蔔尖兒，／拉紅屎，冒紅煙兒。」

　　于三毛並不生氣，反而把這支順口溜當讚美

歌似地，咬羅蔔咬得更加起勁了。大概是那種大嚼特嚼的動作太誇張，把他的整體形象模糊掉了吧？如今回想起他來，浮現在我心中的只有那張動作誇張的大嘴了。

于三毛也是我同班同學。我跟他、還有奚大為構成了我們班鐵道東那條路隊的百分之五十。沒錯，全班五十多人，大多住在庫爾汗的繁華區鐵道西，住在鐵道東的只有六個人。所以我們三個總是一道回家。

我的第一篇小說寫的就是那條路隊。那篇小說還得了新人獎，是我這輩子所獲得的唯一獎項。小說中的主角原型是奚大為，不用說，奚大為是正面人物，代表着善良、忠誠、正義；配角三兒的原型就是于三毛，代表着卑劣、背叛、厚顏無恥。其實那些情節多半出自虛構，對奚大為而言固然美化的成分居多；對于三毛而言，也並不公平。于三毛好吃，膽小怕事，但並不厚顏無

恥，更談不上卑劣。事實上，他在我們那一路隊中也跟我一樣屬弱勢群體。他雖比我大一歲，個子卻比我小，學習不好，不講個人衛生，又沒有任何特長，話還特別多，老是因為上課講小話被老師喝罵。奚大為在我遭到劉老師迫害時拔刀相助，卻特別看不起于三毛，他非但不幫于三毛，還老欺負他。不止一次，我看到吃着蘿蔔的于三毛要把蘿蔔分給奚大為吃，卻都遭到後者的冷冷拒絕：

「去你的！」奚大為手一揮把那遞到嘴邊的蘿蔔揮開，不屑一顧地直往我家走來。

我習慣了緊跟奚大為，奚大為既是對于三毛如此，我也就跟着他不愛搭理于三毛。

大概是因此，我在那篇名之曰〈鐵道東〉的小說中，安排于三毛作了那個向老師告密的角色，奚大為則見義勇為，一拳將他打倒在鐵道東的土豆地裏。這時候：

一片靜寂中，響起了一道聲音，莊嚴地、威風地、氣貫長虹地。我們不由得都挺直了身子，朝發出聲音的方向看去。只見在那天地之間、在那雪白大地與黑色群山之間，一列火車凜冽莊嚴地開了過來。是那樣的所向無前，不可一世。倒在地上的三兒，不由得猛烈抽搐了一下。

這一段是小說的高潮，獲得了老芃茼的誇獎。說是神來之筆，我也自認為不錯，至少表現出我具備小說家最重要的才能——虛構的才能。真的，除了那塊土豆地，其他全部出自於我的虛構。

其實誰是告密者我至今拿不準。現實中的于三毛，在那場糾紛裏只是一個可憐蟲，遭到奚大為羞辱，在鐵道東那塊貯木場的土豆地裏。

這裏我得停下來講講溜土豆，儘管它跟我爸

爸的故事沒多大關係。我爸爸也許一輩子沒溜過土豆，可在大興安嶺度過的那三年，每年土豆收穫的季節，我都會跟一幫小伙伴去溜土豆。溜土豆的日子，是我慘淡童年中的快樂時光。

溜土豆，是我們那一帶的土話，意思就是把收穫過的土豆地重新刨一遍，刨出那些漏網土豆。性質跟拾麥穗相似，參加者皆為婦孺。根據一條不成文的規則，不管那塊地屬於誰，溜出來的土豆都要歸溜土豆人。在那飢餓的日子裏，土豆就是糧食呀，意味着縷縷生機。所以這活動本身就帶着喜氣。

貯木場土豆地是鎮上最大的土豆地。它足有十多畝吧，一眼看不到頭，印象中簡直無邊無際。你蹲在地裏溜着溜着，偶爾抬頭朝前面一看，嘩，世界上好像只剩下了兩種單純的色彩，藍與黑，天空的藍與土地的黑，湛藍湛藍，油黑油黑。那時，不管心裏有多少憂愁，也會情不自禁地笑了。

「你笑甚麼呢？」

這聲音是從我身邊發出來的。發出者是奚大為。那年我倆第一次一塊溜土豆。杯葛事件剛發生過，除了他，別的同學都躲着我。奚大為不管，他示威似大聲指導我：

「別光顧着瞧風景吶，人家都刨到你腳趾頭了。」

回頭一看，果然，于三毛剛把我跟前一顆大土豆撿進他筐子裏。一見奚大為瞪着他，他忙討好地一笑，道：

「大為你要嗎？你要給你。」

他說着就把那顆大土豆遞過去。但奚大為卻把他的手一擋道：「給鄭中！這是你從人家這條壟上刨去的。」

于三毛的手縮回去了：「給他⋯⋯他？」他冷冷瞟我一眼。

「他怎麼了？怎麼了？」

「劉老師說⋯⋯」

「劉老師說了咋地？哼，咋地！」

奚大為朝于三毛逼過去，于三毛不由得往後一退，跟宣傳畫中的階級敵人似的。

「我告訴你！」奚大為乘勝追擊，步步進逼，「不許你欺負他，你要欺負他我就把你爸的事說出來。知不知道？」

「知⋯⋯知道。」于三毛說，要哭了，但是不敢哭出來。奚大為個兒又高，嗓門又大，還把個黑紅的大拳頭亮到他眼前，似乎一出手就會把他砸得粉碎。

「土豆給鄭中！不許你再越界。」奚大為喝道。

于三毛就趕緊把土豆往我筐裏一扔，跑了。轉眼就無影無蹤，好像從來都沒存在過。

所以，當這名紅光滿面的中年人出現在我

面前時，我愣住了。他卻熱情洋溢地朝我伸出了雙手，自我介紹：「于老三，」他聲若洪鐘地道，「還記得我不！」

天吶！這就是當年那個小可憐嗎，怎麼長成這麼個巨無霸呀！我立即作驚喜狀，猛拍這脫胎換骨的于三毛肩膀：

「記得！記得！當然記得。」

「哈！你也發福了喲！」于三毛一隻手握住我的手，另一隻手也在我肩膀上大力拍打，「哈，像！像！」

「像甚麼？」

「像個大作家唄！我一聽說你來了，就趕緊要派車去接你，可小劉非說他送你來。來來來！今天咱哥們怎麼着也得一醉方休。」

于三毛在他家裏設下一桌酒席招待我。他家現在在鐵道西，緊靠着那道小河。我記得那裏原先是一片東倒西歪的木屋區，看上去好像是用

些劈柴胡亂搭起來的，隨時都有可能倒塌。每次我從那裏經過，都提心吊膽，小心翼翼，生怕哪座屋子會被我的腳步震塌，把我壓死。所以當我從汽車裏鑽出，看見一座米黃色的小木屋出現在眼前，不由得眼前一亮，這回是發自內心的驚喜。真漂亮呀！就跟我在紐西蘭大草原上看到的美麗小屋差不多，舞台佈景般鮮艷奪目。童話故事般如幻如真。

「公司出錢，我自己設計的。」于三毛向我介紹着屋子，得意之情，溢於言表。原來他現在也是牙克石一間建築公司的總經理級人馬了。長年住在牙克石，小屋算是他的別墅，時不時回來住兩天。「怎麼樣？不錯吧，要不給你也來一幢？」他道。

但真正的驚喜還在後面。當于三毛領着我走進暖洋洋的客廳，一群人呼拉一下迎了過來。我說「一群」有點誇張，實際上他們也就是四、五

個人，但個個腰圓膀壯，又一齊在發出聲音，刹那間，這流金溢彩的空間彷彿要因人體和聲響的驟然膨脹而爆裂開來，我眼花了，我頭昏了，我不知身在何處了！于三毛在我身後聲震屋宇地道：

「認不認得！認不認得！都是咱老同學。」

原來于三毛竟然在這半日內將我們的小學同學召集來了這麼多。令我大吃一驚的還不是這幫人一齊出現到這兒來的現實，而是，這鬼精靈是如何得知我來此地的意圖的呀！你猜怎麼着？坐定下來我發現，哈，原來他們全都認識我爸爸。

6

我不得不對于三毛刮目相看。就算是經過一場長期周密策劃，也不可能把這天宴席出席者的陣容安排得更妥當更周到了。趙國柱和林海都是我爸爸在塔瑪溝林場的搭檔。老趙跟我爸爸一塊兒趕過牛車，林海則跟我爸在一個工棚鋪挨鋪地住了三年。戴眼鏡的胖子朱大江是中學老師，一九七七年我爸爸在局裏開班教英語時，他作過他學生。胡大兵，形象跟他的名字恰似反諷，老實木訥得像個四類分子，不管誰說甚麼，他都陪笑點頭：「那是，那是。」我一點也不記得他了，他卻告訴我他曾跟我同桌，而跟

我爸則是「牛友」。六七年他倆曾被關在一個牛棚。謝麗娜是在場的唯一女性，這幾個人裏我只對她還有點印象，因為她是我們班上唯一的白種人。她祖父是沙俄貴族，十月革命後領着家人逃了過來。她也是我們鐵道東六人路隊中的一員。她家那座白色小屋，孤零零地立在鐵道東林業局簡易宿舍旁邊，老師教「鶴立雞群」這個成語時，我便想起了那一場景。

「我現在還住那兒。」麗娜告訴我，俄羅斯女人不經老，當年那個金髮碧眼的美麗女孩已經不復存在，她看上去完全是個胖奶奶了。

「你還記得我家的奶牛嗎？」麗娜問。

我說記得。

「你爸爸養腿傷時，我給他送過牛奶。」麗娜說。

也許是看到我臉上茫然的表情，趙國柱插嘴向我解說：「就是你爸被打傷的那一次。一條腿斷

了，肋骨也斷了好幾根。醫院說他是牛鬼蛇神不肯收，我就把他領我們家去了。」

「為甚麼？」我一驚，忙問，因為我記得我爸爸從未說起過他文革中曾經被人打，當然更沒提過斷了腿的事。一九七二年在塔瑪溝，我倆一道在澡堂洗澡，倒是看到過他腿上身上有些傷痕。我問他怎麼回事，他只淡淡地說，是日本炮彈炸的。我還追問一句：「你不是說只炸傷了腿嗎？」他的回答我至今還記得：「哦，那是開花彈。」他說。

「我爸為甚麼被打？」我又問。

這時謝麗娜正在給我佈菜，聽見這話，她的筷子停在了半空中，她瞪着我：

「你不知道？」她問。

屋子裏本來鬧哄哄的，頓時倏地鴉雀無聲。難道是因為謝麗娜的嗓門特別尖脆，在這一片粗嘎的男聲中格外突出？總而言之，一時間眾人都

住了嘴望向我，而我則疑惑地瞪着謝麗娜：

「我不知道。」我道。

對面這雙藍色的眼睛閃了閃，挪開了。但我還是盯着她不放，跟着發生的事，至今想起來我還不能斷定是否出自我的想像，我看見那兩道避開我的目光，卻與趙國柱的目光在空中相遇，對視了一眼。是偶然的嗎？是無意的嗎？我還沒來得及判斷，便聽見于三毛突兀的笑聲：

「哈，國柱子你杯子怎麼空了？快，滿上！滿上！」

趙國柱沒理會他，卻是直對着我看着：

「這件事你爸爸提都沒對你提起過嗎？」他道，一字一字，像是從他嗓子眼裏蹦跳而出，「他真是非常大量，鄭大爺他真是特別特別大量的一個人。」

瞪着眼前這些張紅通通的面孔，這些雙醉醺醺的眼睛，突然之間我覺得十分荒誕，不，確切

地說是十分可笑。此時此地，此情此景，這些人這種氣氛，要在這場合宣洩出我心中那曠日積久的怨恨，實在是有點滑稽。對了，怨恨，正是這個詞，怨恨。就在這一刻，我發現了，與其說我想要為我爸爸討還清白，不如說我想發洩我自己的積怨。眼淚就是這樣流了出來。大家呆呆看着我，全都變成了化石，寂靜無聲。

打破寂靜的是麗娜，只有她一個人還沒醉。她道：

「鄭中你喝醉了吧？來，喝口茶！」

「對對對！」于三毛連忙招呼他老婆，那個一直誠惶誠恐忙進忙出的女人，「小紅他媽，快整壺濃茶來！」

但我拉住他。我掃視圍在桌旁對住我的這些面孔，全部是陌生人，然而他們又對我生命中的某個我自己都進入不了的部分瞭若指掌。一九八零年我爸爸去世之後我在他遺物中發現一堆筆記

本。確切地說不都是本子，其中有幾個只是用劣質毛邊紙裝訂成的小本子，有個本子只是把幾頁紙用訂書針釘了兩下。而其中最好的一個，也不過是那種牛皮紙封面的簡易小本，上面印有「工作日記」四個紅字。還有個本子既沒封面也沒封底，最後一張紙頁快要脫落了，危乎其危地被一根線頭吊在那裏，看上去像是我爸爸風雨飄零的一生之寫照。當時，我朝那張殘破的紙頁掃了一眼，一行被水浸過的字頓入眼底：

　　去國柱家吃餃子，聊天。

　　我便趕緊放下了。把它們包紮起來，再也沒拿起來過。那一刻，不知道是甚麼東西刺痛了我，使我不想讀那個本子。此刻，當我面對着這一圈面孔，驀地一下，我發現了真相：我是怨恨爸爸始終把我隔離在他的世界之外吧？即算

在他生命的最後一年，我們同在一個城市，相互
之間也是淡淡的。我們單獨在一起聊過嗎？我們
互相傾訴過自己的心事嗎？或是，我們曾圍着一
張桌子包着餃子談笑風生嗎？沒有，一次都沒有
過。我甚至想不起來我們曾有過這樣的願望。每
次見面都緊張兮兮的，匆匆交代幾句自己近日的
日程便分手。那時他正忙着落實他自己的工作單
位，我也忙着寫這寫那，好早出成果，朝自己既
定的目標奮進。

「國柱子，」我道，「我爸爸七零年在工隊幹
甚麼？」我問。

趙國柱怔怔看着我，剛才我一直叫他老趙
的。一下子改這親暱的稱呼他大概不適應。

「甚麼幹甚麼？」他反問。

「他是不是管伙食賬？」

「好像是。」

「他們在一份外調材料上說我爸爸貪污了工

隊伙食費九塊八毛錢。」

「甚麼！」不止是趙國柱，幾個人一塊叫起來了。就連于三毛也義憤填膺：

「不可能！」于三毛叫道。

「不可能不可能！」趙國柱道，「說誰貪污我都信，唯獨說鄭大爺我不信。」

「鄭大爺在這方面特別講究。」林海道，「每個月他都要把伙食賬公佈出來。貼在老奚頭那屋的門口。國柱子你記得不，咱們都幫他抄過。」

麗娜道：「可不是咋的，我每次送牛奶他都一定要給錢。有一次他兜裏剛好沒錢，就非要寫下張欠條給我不可。才三毛錢的事呀！」

朱大江道：「可不，有一次我拿學校的信封寄私信，他都把我說了一頓。」

「再說，」于三毛道，「九塊八毛錢也不構成貪污，要貪也不貪那九塊八。」

趙國柱突然把臉一紅，正色道：「三毛你話

可不能這麼說，好像真有那麼回事似的，好像有大錢鄭大爺就會貪似的。這麼說吧，要是咱們都是官，來一奸商要拉咱們下水，我看咱們這一圈人誰也不能保證不上賊船，包括我自己。唯獨鄭大爺，我敢保證，他不會。」

于三毛不理他，徑對我道，「誰說你爸貪污？這個人是誰？」

「不知道。」我道，「我是在他檔案上看到的，是一份蓋了公章的材料。所以我想知道，一九七零年至一九七二年塔瑪溝林場誰負責？」

「這個簡單，問趙國柱就行了。」于三毛道，「國柱子，你那時不正在塔瑪溝嗎？誰是頭？」

趙國柱看了看我又看了看他，端起面前的酒杯把裏面的殘酒一飲而盡，頭也不抬地道：「老奚頭。」

7

━━━

　　不止一次，老奚頭成為我小說裏的人物。雖
然我一共只見過他三面，他卻給我留下了極為深
刻的印象。我在小說裏力圖把他刻畫成傳奇人
物，仗義勇為，剛正不阿，路見不平，拔刀相
助。曾幾何時，我從內心裏喜歡他，崇敬他，感
激他，不僅因為他是我爸爸的救命恩人，還因
為他也欣賞我。當然，他從來不是我小說的讀
者，他只有高小文化，我相信他一輩子沒讀過一
篇文學作品。我在他家只看見過一套書，就是四
卷本《毛澤東選集》。然而，七八年當他知道我
考上了大學，立即給我火車托運來了一口大木

箱，說是給我作書箱用。當時的感動，使我文思如湧，寫出了老奚頭系列小說的第一篇，題目叫：「樟木箱」。不長，一共只有五千字，我不妨把全文引在這裏。

樟木箱

每個上我家來的人，都對那隻佔據我陋室四分之一面積的樟木箱好奇不已，提出各式各樣的怪問題。有個女孩還非得讓我把它打開讓她看看，否則不肯落坐。她大概以為裏面藏着一具屍體吧。

當她看見裏面放着的不過是些破爛東西，鄙俗不堪的日常生活用品，失望之色，溢於言表。她說：

「還不如拆了它打家具呢！這麼大一個箱子，」她打量它一眼，迅速對它的材量作出了評

估，「足足可以打個大立櫃了。」

她是個挺漂亮的女孩，我追求她也不是一兩天了。可是這句話給我的熱情大大潑了瓢冷水。我冷冷告訴她：「是我老朋友送給我的。我還打算帶着它結婚呢。」

哈，她大驚失色的樣子，真不可不看。

老奚頭是我老朋友嗎？

那年冬天，我十九歲，到一個名叫塔瑪溝的伐木隊探望我爸爸。他打成右派之後到那裏勞動，突然有一天我接到他們林場的電報，說我爸爸病危，叫我立即前往。我去了，發現爸爸沒病。那只是他們工隊長老奚頭使的一個計，目的是化解我們父子多年來的恩怨。

爸爸冒着大風雪到火車站接我，帶着一

件羊皮襖和一雙氈毛靴。「老奚頭一定叫我帶上。」他一邊看着我換上靴子，一邊道。然後他就領我去老奚頭那兒，「他們燉了一大鍋肉在等你。」他告訴我。

在往老奚頭家去的路上，我和爸爸大都談的是老奚頭與他的故事，對我與他之間這些年來的糾結，反而沒有提及。可是不知不覺，我心裏對爸爸的怨恨和愧疚，已經沒那麼濃烈了。多年來一直在我心裏折磨着我的那團東西，在被老羊皮襖捂熱的身體裏，漸漸消散。是因為老奚頭嗎？

三個小時後，我們才到達位於大山深處的塔瑪溝。爸爸告訴我，非但這伐木點是他和老奚頭及另外兩名伐木隊員建立的，就連這名字也是他們起的。那天他們在零下四十度嚴寒中來到此地，人人都累得奄奄一息，有個隊員一屁股坐到地上道：「走不動了，他媽的就是這道溝了。」

老奚頭打量一下四周道：「好，就這地方。他媽的咱就管它叫他媽溝吧。」

我爸爸說，是他為這名字作了修飾：「不如叫塔瑪溝，」他提議，「寶塔的塔，瑪瑙的瑪。」

大家都齊聲說好。一個名叫塔瑪溝的伐木隊從此誕生。

牛車拐過一片樺樹林，我就看見了一排草草搭建的泥木平房，那便是塔瑪溝的主建築了。事實上，除了不遠處用木板搭建的一個廁所，那是這方圓數十里原始森林裏的唯一建築。在其中一間生有一隻大火爐的小屋裏，我見到了塔瑪溝伐木隊所有高層人物，當然也包括那位如雷貫耳的老奚頭。

不知為何，儘管屋子裏那麼多人，每個人穿著打扮都差不多，我一眼就認出那個正在火爐旁邊忙活的人物就是老奚頭。這大概是因為他塊頭

夠大，形象特別彪悍吧？不如這麼說：乍看像座山鵰，細看像楊子榮。這便是老奚頭。

我們一走進房間，老奚頭便將目光從肉鍋上抬起來，朝我和我爸爸掃了一眼，笑道：「哈哈，這爺倆還真是一個模子打出來的，像，真像！」

我叫了他一聲奚大爺，他更高興了，拍打着我肩膀道：

「孩子，這就對了。再怎麼革命，爹還是爹，媽還是媽。六親不認那還是個人嗎？你這好幾年信也不來一封，你爸爸，他真傷心呐！」

我不知該說些甚麼，對這個粗魯的東北大漢。看來，他是只知其二，不知其一。他當然不知道我們母子這些年受了我爸爸多少累，吃了多少苦。老奚頭他當然也不會知道，爸爸千不該萬不該，不該騙我說他摘了帽。這給我造成了多大的傷害呀！直到我入團時政審沒有通過，才在同

學們異樣的目光中發現了真相。當然，團沒有入成，他們還給我扣上一頂「欺騙組織」的帽子。就是在那一陣怒火中，我才給他寫去那封絕情信的。

　　我當然也不會告訴老奚頭，我媽媽臨終前最後一句話是:「我怎麼會嫁了這麼個人吶！」這是她的原話。

　　時間是一九六七年。從那以後，我再沒給我爸爸寫過一封信。

　　但現在，這位又像座山鵰又像楊子榮的人物從對面盯住我，濃眉下那雙大眼，很真實，很嚴厲:

　　「知道嗎?」他道，「你爸爸，他是大好人一個。」

　　其他人的聲音和聲般地從四周響起:「大好人，大好人」

　　「好人。」

「好人吶！」

現在要言歸正傳，講講這口樟木箱的故事了。

那天晚上，我們圍爐吃肉喝酒時，老奚頭和我的座位，就是這口樟木箱。我們並排坐在這口樟木箱上，聽他講打獵的故事。突然，他似乎漫不經心地提起，眼下我們面前這口大鍋裏炖着的肉，並非豬肉，亦非牛肉，「是熊瞎子肉。」老奚頭道，「剛打的。」

「好險吶！」老奚頭告訴我，「一連八天，我們都被這兩隻熊瞎子堵在屋裏，牠們是兩口子，一公一母。頭天我們打死了牠們的兒子，所以牠們來報仇雪恨。好傢伙，我告訴你，熊瞎子生起氣來那真是沒治，牠們二十四小時把住門口，見人出門就衝過來，弄得我們連廁所都不敢上，更別說出工了。這樣下去，不被咬死也會被餓死。屋裏存糧不多了，你爸就拿起一根大棒子

說：我去收拾牠們。」

爸爸本來一直在埋頭吃肉，他是屋裏唯一滴酒不沾的人。聽到這裏便插嘴道：

「老奚頭你幹嘛編故事呢？鍋裏炖的明明是兔子肉。」

「哈哈，」老奚頭笑道，「可咱真的打死過熊瞎子是不？咱真的吃過熊瞎子肉是不？嗨，這不是為了讓孩子開心嗎！」

「那不如講講這口樟木箱。」我爸爸說。

「樟木箱？樟本箱有啥好講的？」老奚頭道。

前面我已經交代過了，樟木箱特大，雖然沒油漆過，但早已被在它上面坐過的人蹭成了油黑色。它是我爸爸和老奚頭生死友誼的見證。在林業局武鬥最厲害的一九六七年春天，我爸爸和老奚頭正在屋裏算賬，有人報訊說造反派上山來揪

門我爸爸了。情況十萬火急，說話間喊打喊殺聲已經到了屋門口。老奚頭急中生智，忙把我爸爸塞到樟木箱裏，造反派們衝進來，只見老奚頭一個人坐在箱子上喝酒。

這幫傢伙雖然兇神惡煞，見了老奚頭還是不得不有所收斂，因為老奚頭是老黨員老工人，庫爾汗林業局開局元老，局裏的林場有一多半是他建立起來的，局裏的頭頭腦腦，幹部工人，好多都是他的徒子徒孫，那日帶隊的人物也是。他殺氣騰騰進了屋，一見師傅對他橫眉冷對，只得叫了聲師傅道：我們是來搜捕內人黨的，他們說他就在這屋，您把他交出來就沒您的事了。老奚頭道，要是不交出來呢？不交出來你要把你師傅怎麼樣？徒弟傻了眼，但當着他這麼多戰友，他也只好硬着頭皮道，不交出來我們只好採取革命行動了。老奚頭道，怎麼行動？徒弟道：我們得把這地方搜一搜。他眼睛盯着樟木箱，顯而易

見，這屋子裏最可疑的物件就是它了。老奚頭桌子一拍吼道：爺爺在這裏，看誰敢動一動！除非你們先把我抬出去殺了。

那幫人竟然被他這一吼鎮住了，悻悻然退去。好險吶！第二天局裏舉行的批鬥大會上，有三個牛鬼蛇神被打死，其他的人亦是非殘即傷。我爸爸就此逃過了一劫。

老奚頭始終沒講樟木箱的故事，而堅持以那種誇誇其談的口氣講那些半真半假的打獵故事。樟木箱的故事是夜裏只剩下我跟爸爸兩個人時，他給我講的。講的時候，語氣很平靜。可是我看見他眼睛裏有淚光閃爍。他就躺在樟木箱旁邊。月光下，那口樟木箱越發大了，並且好像在膨脹，漸漸地，佔據了整個世界，在我的夢中。

第二天早晨我離開塔瑪溝。老奚頭送我到牛車上，他說，下次來請你吃熊肉。我說：不如聽你講講樟木箱的故事吧。老奚頭笑道：「日後等

你尋下了媳婦，我把箱子送給你。」

　　必須說明，小說裏所有的情節都有事實依據，樟木箱、熊、兔子肉，我跟父親的過節，甚至塔瑪溝的命名，都是真的。千真萬確，我跟老奚頭一塊在塔瑪溝那間隊部小屋圍着一口大火爐吃過兔子肉。伐木隊也真的被一公一母兩隻熊圍困過。而我家的儲藏室裏，至今還放着老奚頭送給我的一口大木箱，是不是樟木我沒有考查過，可以肯定的是，那不是當初我在塔瑪溝看到的那口箱子了，而是老奚頭特意為我打造了一口新樟木箱。當然，有關它的故事也是我編的。為的是讓這篇小說有個核心情節，以便體現我爸爸和老奚頭之間的患難情誼。如果我照實寫，說那箱子其實沒故事，只不過是那屋子裏唯一像樣的座位，因而成為一隊之長老奚頭的寶座，就要浪費這個大好素材了。

當然，我更不能照實寫出那天的兔子宴以大家紛紛醉倒而告終，劣質燒酒使得每個喝了它的人第二天起不來炕，包括老奚頭在內。結果，第二天只好全隊放假，唯一的清醒者是我爸爸，他獨自趕着牛車送我下山。我像一堆爛泥躺在車斗裏，聽爸爸邊吆喝牛邊自言自語，罵我不自量力跟他們拼酒，罵那個一個勁勸我酒的副隊長不懷好意，也罵老奚頭，說他一見酒就沒命。

　　老奚頭說我爸爸是好人倒是真的，不過不是在那天晚上，地點也不是塔瑪溝，而是一九七九年在北京我爸爸租住的那間郊區菜農屋，在座者還有奚大為。當時，他和我爸爸為甚麼事爭了起來，老奚頭忙作和事佬，便說了那番話。話是對奚大為說的：

　　「臭小子你懂個屁，」老奚頭指着奚大為鼻子道，「你叔說你是為你好，反正我信他，他是個大好人，好人一個！」

但這話還有上下文。

上文是奚大為三杯酒下肚，得意忘形，談起林業局領導如今一多半成了他的哥們，跟他一道喝酒給他批木材，一批就是幾十幾百方。我爸聽了，便語重心長地教訓他，說這樣的事情作不得，「你們這樣作是要犯錯誤的。」我爸爸道，「怎麼可以拿國家財產作人情呢？你們倒是發財成了萬元戶，可是國家和人民的利益卻遭到了損失。」

奚大為自然不高興，咕嚕着道：「人家共產黨員領導幹部都不怕犯錯誤，我怕甚麼。」

我爸爸卻不識相地嘮叨個不休：「共產黨員領導幹部就沒有壞人嗎？四人幫也都是共產黨員領導幹部呢。大為吶，我們的所作所為，應當以是否有利於國家和人民的利益來衡量。所以，你們那樣作是不對的，說得難聽點，你們那是在挖社會主義的牆角。不可以的，絕對不可以的。」

奚大為那時年輕氣盛，事業剛起步幹得正紅火，據說是庫爾汗方圓幾百里地數頭一份的青年企業家。一聽這話，便氣呼呼道：

「鄭大爺您說話怎麼這麼酸呢？我聽着怎麼像是聽我們書記作報告呢！您這麼積極，國家和人民也沒認您的賬吶，社會主義認您是老幾！這不，連個效力的地兒都找不着。」他誇張地把他那顆大腦袋上下左右大幅度地轉動一圈，表示他一眼就可以把我爸爸這間陰暗潮濕的出租屋一覽無餘，「瞧您，為黨國效力了這多年，活成個甚麼樣了。我可不想像您這樣過一輩子。」

我爸爸愣住了。在暗黃的燈光下，我清清楚楚看見了他額頭上突現的青筋。他那原本就黯然的臉色更加黯然了。奚大為一向對他很恭敬，現在竟然當面這樣頂撞他。說出的話字字點穴，聲聲刺耳。老奚頭，作為奚大為爸爸，看到這場面，自然是開腔喝住他兒子，說出以上那一番話來。

奚大為大概也意識到他有點過分了，忙搭訕着道：「瞧您說的，我說鄭大爺不是好人了嗎？我的意思只是說好人難活，咱們這兩代人，各有各的活法，誰也別管誰。」

　這時，我爸爸說了幾句話，當時我沒加注意，後來回想起來，卻是饒有深意的。他破例地給自己倒了杯酒，一仰頭喝下肚，然後，嘆出一口長氣，道：

　「大為說的也許是對的，社會主義認我是老幾？我有資格教訓他嗎？我活了大半輩子，到現在連個安身立命之所也找不到了。可是我告訴你，大為，不管怎麼說，不管在甚麼情況下，作人總得守住一條底線。」

　我不是不想把這些話如實寫進那篇小說，我只是不知該如何寫。那時，作為一名初學寫作者，我覺得寫小說最大的困難，是如何把握好虛實之間的分寸和尺度。你不能沒有主題，但你也

不能沿着一條直路直奔主題，於是只好虛構出一些細節，同時也要拋棄一些素材，很多時候是忍痛割捨。慢慢地，寫得多了，我像一名操作嫻熟的匠人，手中只要有了一塊材料，便能夠任意發揮，隨心所欲打造出既定的成品。這時就很少會有忍痛割愛的感覺了。因為理智使情感麻木，我憑直覺知道那是通向成功的正確途徑。正如使你瘋狂的女人往往不是作妻子的最佳人選一樣，使你動心的素材，往往會使你誤入歧途。

所以，與其說樟木箱是個陷阱，不如說樟木箱是根救命稻草，它把我引上安全島。

8

那篇小說的責任編輯就是老芃茼。我記得
當時他給我提了三條修改意見。一、那些空行
大多不必要，破壞了文章的流暢感，不如都連起
來；二、媽媽為何怨恨爸爸，最後沒有交代，應
加一段交代，或刪去前面的伏筆。三、去查一
查，大興安嶺有樟木嗎？

對這三條意見，我一一作了回應。我說這種片
段式敍述手法正是我在小說技巧上的新嘗試，目
的是造成一種跳躍感。另外，我查過了，詞典上
是說樟木大多產於南方，但也沒說北方絕對找
不到一棵樟樹，所以這正好可以加強小說的傳奇

性；至於第二條意見，我答應考慮修改，但結果我還是原封未動。理由是給讀者留下點想像空間也無妨。

老芃萵雖然對我的固執不以為然，但還是把小說發表了，他知道我急於求成。作為一名有發掘我之功的編輯，他當然認同我的觀點，即：盡量多發表作品，既然沒有寫作精品的條件，不妨以數量造勢。

我們倆的分歧在於：我對這篇小說的死穴心知肚明，之所以不想認真計較，是因為我明白一點穴就會將它點死，但以我眼下的處境，只能信奉「好死不如歹活」之哲學。老芃萵呢，他沒看出這篇小說死穴何在，還以為我在上述三點上加把力就會有一篇傑作出籠。他說：「要是評上個獎，你就能一炮而紅。就成名的目標而言，一炮而紅比多產省力多了。」

我知道他是對的，可我有說不出來的苦。

每逢我寫到觸及心靈裏那個涉及恥辱感的部位，我就會亂了方寸。就連小說的基本規則也把握不住了。這就是我的死穴，也是這篇小說的死穴。

　　就這篇小說而言，小說的題旨與作者的真情實感，其實是擰不到一塊的。說得更透徹點就是，雖然我想寫的是一個父子兩代恩怨的故事，但其實我對我爸爸從未理解也未認同。相反，雖然我在理智上想要相信我爸爸如老奚頭所言，是個好人，是男子漢，但在感情上，我還是認同我媽的觀點：我爸爸不但是個窩囊廢，還是個懦夫。儘管我一直在作着和解的努力，但我掙得脫揮之不去的往事噩夢嗎？

　　不清楚交代媽媽對爸爸的怨恨究竟為何，與其說是為了給讀者留下想像空間，還不如說給自己留下紓解情緒的空間。確切地說，一講起那些事我心裏就亂。談起小說創作規則頭頭是道的

我，卻不知道在我自己的故事中如何把握虛實分寸。

比如，該如何講述我媽臨終前那段故事呢？又如何講述我，一個十一歲的孤兒被託孤給一個半瘋的女人那段體驗？何處可實說，何處應虛化？何處應當大刀闊斧砍掉？我實在沒底。我想這也許是因為，即便是寫小說，心靈裏也有個禁區。不是怕疼痛，是怕見光死。

不過我很清楚，《樟木箱》若是想被修改成功，黎莎和丁常生這對夫妻是略不去的。即使是在我已經與我爸爸和解的今天，他們也應當被放在附注裏，假如小說也有附注的話。

這是真的，我媽回老家不到半年就去世了，她在臨死前把我託附給了她的老同學黎莎。她們兩個交接我的那個生離死別的夜晚，我並沒有如我媽所囑早早睡着，而是在半睡半醒之間，偷聽到了她們的談話。

黎阿姨趕來的那天，我媽已經奄奄一息了，整天都閉着眼睛躺着。那時我們借住在她朋友家的一間閣樓上。屋子很小，只擺了一張床和一張桌子，還有三張椅子，到夜裏就變成我的床。還有，床底下塞着兩口沒上漆的小木箱，那就是我們的全部行李了。我還記得黎阿姨走進來時看到這一切時的表情，似乎沒有一個形容詞可以確切形容當時她臉上的神色，尤其是我媽媽聽見門響睜眼看到她，她們目光交接時那種複雜的情感。剎那之間，我好像聽見空氣中發出劈里啪啦的聲音，假如情感也能發出聲響的話，那就是它們發出來的聲音。那麼多種情緒，那麼多的聲音，碰撞在一起響成一片，鎮住了在場的每個人。自從看到了那個場面，之後我再看到濫情影視中那些故友重逢相擁嚎哭的場面，都覺得假模假式，令人發噱。因為我知道，真正的動情，是無聲勝有聲的。

那天夜裏，從黎阿姨和我媽躺着的那張床上發出的低語和啜泣聲，徹夜未曾消停。我睡在屋子另一端那三張椅子拼成的鋪位上，每次從迷糊中醒來，都能聽見從她們那邊發出的聲音。似乎多數時間是我媽在講話，而黎阿姨只是在安撫和勸慰。

　　「算了算了，都過去了過去了。」我聽見她這麼說。

　　「不。」我媽道，「你能原諒，我不能原諒。我怎麼會嫁給這麼個人呀！這是我死也不能瞑目的。阿黎，老鄭他對不起你們。」

　　「別說這些了，鵬舉他不是壞人。都怪命。」一陣壓得極低的呢喃細語後，我聽見黎阿姨道，「在那種時候，大家都身不由己呀。當時我就是這樣勸常生的，可常生的脾氣你也知道，倔得很，認準了個理就不會轉彎，所以也可以說他自己的性格害死了他。」

「不，不……」

「可他……」

之後，我用了好多年的時間來填補這些省略號，在夢裏，在道聽途說的傳聞中，這些斷續的對話逐漸變得連貫。故事似乎是這樣的：

黎阿姨和我媽是中學好友，而她與她丈夫丁常生又都是我爸大學好友。更有甚者，這對夫婦還是我爸媽的媒人。然而，十六年前，丁常生在反右運動中被打成極右分子被送去勞改，他們的友誼也因這場變故畫上了句號。丁常生後來在勞改農場跳河而死。臨死前給黎阿姨寫了一封遺書，黎阿姨第一次精神崩潰的引子就是這封信。似乎是，丁常生在信裏宣洩了他對他妻子和我爸爸的恨意，至於他為何將他們兩個人扯到一起，我卻直到多年以後、自己也戀愛結婚以後才漸漸省悟。而在我媽臨終前的那個夜晚，從那些斷續朦朧的片言隻語中，我只能依稀感覺到一種酸苦的

滋味，那是悔恨的滋味還是遺恨的滋味，至今我也無從斷定。記憶中最為清晰的一個細節是，那天我第一次發現，我媽從來都不叫我爸爸的名字，而是跟他同事一樣叫他老鄭，反而是黎阿姨這個外人，提到他老是「鵬舉」「鵬舉」的。還有個細節也印象深刻，不止一次，有個身影在對面那張床上坐起，發出一聲低呼：「不可能！」或是「我不信！」動作那麼突兀，嚇了我一大跳。

我一直都記得黎阿姨吐出這句話時那種奇異的語調。那是在一長串低語之後，突然之間，痛心疾首，疾言厲色。雖然只有十歲，我卻在那戛然而止的靜謐裏，聽出了弦外之音，不是憤怒，不是憎惡，有時候，我甚至從中分辨出些許裝腔作勢的味道，於是驀地，我心裏會浮現出我媽之後的那一聲啜泣：

「我也不想相信……我……你……他……」

在黑暗中，那微弱而幽長的飲泣，如嚦如

訴，誇張地神秘，神秘得近於恐怖。我咬緊牙關，好不容易才忍住發出一聲呼喊。我覺得，就是從那夜開始，我決定了將來要寫小說。

可是我卻無法在小說裏寫出這些，我甚至無法在小說裏描寫黎阿姨這個人物。在我所有關於家庭故事的小說裏，她不是被略去，就是被大大加工。我想，就是因為她在我的記憶裏，一直是個神秘的符號吧？真實的情況是，黎阿姨收養我沒多久，精神再次崩潰，被送入精神病院。而我也被匆匆趕來的舅舅領到另一個城市。我最後一次看到黎阿姨已是十七年後，一九八一年，在一間精神病院的病房裏。那時，她正處於彌留狀態。我完全認不出這個形同木乃伊的老婦就是當年那名優雅女子，當然，她也不認得我了。院方之所以通知我來，只是因為她舉目無親，我是她清醒時提到過最多的人物。而且，她把她全部遺物留給了我。

全部遺物，也不過是幾件舊衣物幾本書而已。還有一本筆記本，以及一隻戒指。戒指我似曾相識，小時候曾在我媽那裏看到過；本子和本子上的字跡則完全陌生，顯然那是黎阿姨的。我以為上面記載了甚麼重要事情，便把它從頭到尾翻閱了一遍，但我失望地發現，那全部都是一些柴米油鹽式的流水賬，甚至某日買了張報紙這樣的小事也記了下來。而且沒頭沒腦，一看知道出自頭腦失靈者之手。所有這些，都被裝在一口小箱子裏，我還能認出，那就是我媽媽最寶貝的那隻小皮箱。她臨死前交付給我的。我曾不止一次試圖把那一次的經歷寫入小說。其中最接近真實的一次，是在一本名叫《紅色的小夢》的小中篇裏。那部小說主題是友情，主要情節則是一份延續了三代的生死之交。其中作為第二女主角的李沙，便以黎阿姨為原型。那可以說是有關她的最接近真實的描寫了。李沙臨終前與男主角賈十一

相見的那一章，大概可算《樟木箱》的注釋了。我且把它抄錄在下面：

第十二章

　　賈十一從來也沒想到，他與李阿姨會在這種場合見面，直到那名神情詭異的白衣人將他引進這間病房，指着上面那個一動不動的形體對他道：「喏，這就是她。」他還沒從驚疑中回過神來。事實上，如若不是看到床頭名牌上那個名字，他甚至不記得她叫李沙，跟她在一起度過的那三個月零三天，他一直都遵從母親臨終前的吩咐管她叫李阿姨。

　　他站在床邊，竭力想在這種暗青色的光線裏，在這令人暈眩的氣味中，辨識出她的面容，雖然他心下明白，這是不可能的。十八年前，

一九六四年，當她被一輛呼嘯而來的救護車帶走，他還只有九歲，是個還沒走出喪母之痛的小男孩，整日沉浸在悲痛裏，甚至沒好好將這個在他生活裏來去匆匆的女人看清楚。暗青色好像是他們相處時的主導顏色，是彩色電影裏代表回憶的顏色，隱喻不堪回首、欲說還休之類的情緒。

李阿姨沉默寡言，但對他照料得很是周到。自從跟她住到一起，他每天早上必有豆漿包子吃，有時還有一隻雞蛋。可是他受不了她坐在對面默默看他的那種目光。所以從來不曾正眼看她。只是在她圍在他身邊忙這忙那的間空，偷窺她那消瘦的背影，也只是一兩眼而已。

沉思之間，賈十一一抬眼，突然看見自己面對着一雙幽黑的眼睛，床上這具殘骸竟然活了過來。並且發出聲音：

「十一」

聲音是如此虛弱，以至無法為之標點，究竟該打上問號還是句號，抑或驚歎號呢？出於本能，賈十一點點頭，叫了一聲「李阿姨」。

枯乾的臉皮一動不動，但賈十一分明看到臉上那雙眼睛閃了一閃。然後，他便聽見了這句話：

「這……交給你了。」

那目光對住了旁邊的護士，護士便將一口小皮箱交到他手上，道：

「喏，就是這個。她寶貴得甚麼似的，清醒時一定要放在身邊。你看你看，交給他了哇！」

後面這句話是對床上人說的。

賈十一便以一副稍稍誇張的姿勢接住箱子，一邊對着床一疊聲地道：

「李阿姨放心，放心。」

「打開」，從李阿姨嘴唇的動作上他分辨出這句話。

賈十一忙將箱子打開，朝那箱蓋只看了一眼，他便不由得愣住了。上面用濃墨寫着如下的字樣：

德新

愛華

　　愛情永固

　　百年合好

　　　　長生

　　　　李沙共賀

　　　　　一九四九年十月

賈十一驚異地朝床上看去，卻發現對面那雙眼睛已經閉上了，彷彿從來不曾睜開過般，一臉靜謐。

一個小時之後，李沙就過世了。

賈十一一向自忖是個豁達的人，也許是

因為自小就飽經風霜，所以甚麼都可以平靜面對，但，他一直沒有勇氣打開這隻箱子清點裏面的東西。

父親在他家裏看到這隻箱子是在四年之後，那天，父親突然來到他的新居。由於剛搬來不過十來天，東西還沒來得及整理，好多雜物都堆在廳裏。在一些紙箱和一些彩條袋中，這隻沒了色彩也沒了形狀的箱子，微不足道，幾乎被淹沒，然而父親的目光一來就盯住了它，一亮：

「咦，它怎麼會在這裏？」

賈十一道：「哦，李阿姨留給我的。」

父親一個箭步，三撥兩拉，把箱子從雜物中提出，拎在手裏，掂了一掂，目光探詢地望着賈十一：

「可以嗎？」

賈十一一時沒來得及反應，父親這是問可

以拿走呢還是問可以打開呢？出於本能，他茫然地點點頭。幾乎是在同一剎那，箱子就被打開了。於是，那些字樣再次出現，在這一對父子面前。一陣靜默之後，賈十一感覺耳邊有一種奇怪的聲響，他不由得轉頭朝身邊的父親臉上看去，這一看，他震動了，二十八歲的他，第一次看到父親的眼淚。

那天晚上，賈十一跟父親詳談到深夜。這是父子倆和解之後第一次詳談。十一跟父親講述了跟李阿姨在一起時的點點滴滴，包括她如何在母親死前趕到，將他領去她家，以及她臨終前在精神病院的那一幕。在聽賈十一講述時，父親一直低着頭，手裏夾着一支煙，不時猛吸一口，當賈十一終於講完，父親還是低着頭，但手上已沒了煙，他沉默着。

「李沙是個好女子。」父親的聲音聽起來是

那樣遙遠,「只是……」

那夜,賈十一終於有機會問出多年來一直堵在心口的那個問題:「可你為甚麼要作那次發言?難道你不知道那是背叛嗎?」

父親回答:「因為我以為那是在幫助他,我想,如果他能低頭認錯,就能早日回到人民的隊伍。我沒有想到那是一個陷阱,更沒想到後果會那麼嚴重。那時候我們真幼稚。唉,十一,你不懂得我們那代人,我們是理想主義的一代。比你們更理想主義的一代。所以我們很容易上當。」

賈十一還想問:「理想主義是上當受騙的同義詞嗎?如果這樣,這種理想主義本身就有問題。」

但是他看着父親雪白的頭髮,皺紋纍纍的面孔,和面孔上那沉痛哀傷的神情,終於沒忍心把這些話說出口。

9

_

《紅色的小夢》寫於一九八八年，比《樟木箱》晚了五年。我是否在寫作時就把它當作《樟木箱》的注釋呢？我已經忘了。不過可以肯定，當時我已經從西方現代派的模仿熱中走出來了，我不再在技巧上裝神弄鬼，而只想回歸寫作的初衷：老老實實講述壓在心頭的往事。小說裏虛構的成分很少，換句話說，它很大部分是我真實人生的摹寫。甚至小說裏的時間都與真實故事發生的時間保持了一致。只除了一處：故事裏父親去世的時間，比我爸爸去世時間晚了三年。

之所以作這樣的時間改動，只是因為我想

讓小說裏那個父親在有生之年走出良心譴責的陰影，悔恨的陰影。簡單地說吧，若他在一九八零年就死了，就沒機會看到李沙的筆記本，也就無從得知李沙在臨死前已經原諒了他。

也許有人會問，為何不能將那對父子的和解提前十年，如真實人生那樣，我與我爸一九七二年在塔瑪溝相見以後，不是恢復了正常來往嗎？提出如此問題的讀者，顯然是被我《樟木箱》那篇小說誤導了。要知道，人生並非加減乘除那般簡單，人生是微積分也計算不清的、無數種悲歡離合的排列與組合。

事實上，一直到父親去世，和解只停留在理性的層面，感情上，我們一直都是陌生人。一個月通信一封，以禮貌客氣的行文，報告各自的近況，其況味正如一首流行歌曲裏所唱：「此致敬禮，此致那個敬禮。」每逢我收到父親的家信，總能從那種例行公事式的牽掛裏，感覺出

絲絲惆悵。後來，我爸爸從大興安嶺改正回北京，我那時也剛考回北京，是一間三流大學。我住在學生宿舍。八個人一間房，每人只有半張床（高低床的一層）和一張課桌的空間。黎阿姨的箱子和我自己的一些雜物只好都存放在舅舅家。因此，我從未有機會把箱子拿給我爸爸看。我也實在沒勇氣跟他正面談起黎氏夫妻。我們那種脆弱的關係，經得起哪怕是輕輕的一捅嗎？

曾經有好幾次，我想跟爸爸好好談談。其中印象最深刻的一次，是我們一道看電影《基度山恩仇記》。當時這種片子叫作內部電影，要有特殊門路才能搞到票子。那天我爸爸不知從哪裏搞到了兩張，他興致勃勃，特意穿行大半個城市跑到我學校來邀我去看。電影很長，散場時已近午夜。爸爸說：「你回校太遠了，到我那裏湊合一晚吧！」

他這樣說的時候，面孔正對着我。我便往

這張面孔一瞟，心裏不由得一震。遠處的路燈光，和更遠處的星光，使得這張面孔、我們身邊老舊的街道，以及高渺黝黑的夜空，都恍若呈現在另一世界。冷風嗖嗖，我眨眨眼睛，想要辨明，眼前這張道貌岸然、飽經滄桑的面孔，到底是我的爸爸還是剛才電影裏的偽君子唐高斯。我爸爸的長相有點像西洋人，他雙目微陷，鼻子高挺。特別是那老是閉得緊緊的嘴唇，嘴角兩邊刀刻般的皺紋，乍一看去，真好像唐高斯在這月光下顯靈了。我心中不由得一顫，便沒理睬爸爸的邀請，問道：

「你覺得這電影怎麼樣？」

「不錯，很好。你覺得呢？」

「我也覺得很好。不愧經典。只是唐高斯壞得有點不可思議，一個人怎麼能那樣卑劣，把最好的朋友送到地獄，自己還能心安理得地活着。你對此怎麼想？這樣的人也配叫作人嗎！」

剛才說過，我爸爸本來是正面對着我的。此刻，當我說出這幾句話，他突然身子一側，朝馬路上看着，喊道：「啊，來了輛車！是到海淀的是到海淀的，快，快跑！」

還沒等我搞清楚狀況，就已經被爸爸拉着推着塞着，上到了一輛飛馳的汽車裏。待我心神稍定，朝窗外看去，只見稀稀拉拉的燈光點綴着無邊黑暗，爸爸早已不見了蹤影。

那天晚上我還是步行了半小時才回學校的，因為我坐過了站，一直坐到了終點。一個可怕的念頭一路上糾纏着我：爸爸為何突然改變了主意不讓我到他那裏留宿了？是怕跟我談論唐高斯嗎？我恨不能當面直視着他的面孔，向他問出這個問題：「是嗎是嗎？為甚麼？」

我沒有機會問，因為，那以後不久，他就死了。

他死於驟發的心臟病，事先沒有一點徵兆。當我

得到消息趕到醫院。他已經在推往太平間的路上。

　　前面已經提到過，我通知過奚大為來出席我爸爸的追悼會，卻沒得到回應。我沒提到的是，當時我對此百思不解，因為之前他們一度情同父子，兩人關係比跟我還要親密自然。奚大為每次到北京來都住在我爸爸那裏，他們同吃同住同上街。我不止一次在爸爸那裏碰到他倆相對飲酒。有一次，我還碰到奚大為在給我爸爸洗衣服。「他都撿不出一件乾淨衣服穿啦。你也該關心關心老頭子！」他對我半是責備半是解說地道。所以，處理完我爸的後事，我就給老奚頭打了個電話，想問問奚大為到底怎麼回事，人不來也就罷了，怎麼連個電話也不回。正是這個電話，使我對我爸爸有了新的認識。

　　「兩個人都有點問題。」聽了我的問題，老奚頭一反平日的爽快，口氣有點猶豫。

　　「怎麼回事？您只管說。」我道，「我知道我

爸爸性格上是有毛病。」

「也不能這麼說。」老奚頭道,「大為這事是作錯了。你爸爸的問題是,孩子跟你那麼近,有問題你當面教育他也就得了。可老鄭,他作得有點絕。」

「他去舉報大為?」

「倒沒那麼絕。不過,混小子這下栽得不輕。唉,不提了不提了,也好,是得讓這小子長點教訓,太張狂了。」

老奚頭不肯說清楚。我後來從庫爾汗來人口中才大致推斷出這樣的情節:奚大為的木材生意很大部分靠他在林業局的關係撐着。在某個節骨眼上,由於我爸爸的干預,奚大為在林業局的關係網遭到了破壞。兩個最大的後台被端了出來,以受賄罪撤職查辦。當然,奚大為蒸蒸日上的生意因此受到了沉重打擊。「你爸爸真是大義滅親!」那個粗獷的東北漢子拍着我肩膀道,「他本

來是可以從中拿到大把好處的，可你爸爸，他不是鈔票收買得了的人。咱們國家要都是你爸這樣的人，早就到共產主義了。」

「但這是出賣。」我道。

那漢子下面這句話對我來說真有振聾發聵之效：「那要看出於甚麼目的。你爸爸他這是為了國家利益。」

那年清明，我第一次到我爸爸的墓前掃墓。爸爸獨自葬在一個新開的公墓，我媽的墓遠在老家，當時由舅舅隨便找了個地方草草下葬，我離開家鄉以後，就再沒去上過墳。爸爸大概也還沒來得及去過，我總覺得，他是不想去，他和我媽一樣，都寧願與對方保持距離。

我在爸爸的墓前站了好一會，天空灰暗，芳草萋萋，對面一棵小樹上，兩隻麻黑色的小鳥凝望着我，是烏鴉還是麻雀？我分不出來。我朝天空伸出雙手，牠們便嗖地一下飛開了。我從口袋

裏掏出一塊白毛巾，細心地擦拭那塊灰濛濛的墓
碑。心裏在想：爸爸他看得見我在這裏嗎？

10

我記得，寫過《紅色的小夢》之後，我與冬子
有過一次詳談。起因是他對這篇小說有很高的評
價，但小說在一家一流文學期刊發表之後，卻石
沉大海，毫無反響。而就在同一時期，冬子以他
的新都市小說異軍突起。他連出三部小說，都賣
得風生水起，於是變成大眾偶像，傳媒紅人。有
一天，我和他在出版社門口相遇，他正被一幫記
者包圍，看到我，他便指着我對那群瘋子道：

「你們應當追的是他。鄭中，他是我的偶像
和老師。」

就有幾個傢伙半信半疑地將目光轉向我，有

個傢伙還將支麥克風湊到我嘴邊道:「鄭先生也寫文章嗎?發表過哪些?」

「多了!」冬子道,「他剛發表的那部小說是傳世之作,你們應當給他炒作炒作!」

「冬子!」我喝道。

冬子一看我臉色不對,忙衝出人群,拉我鑽進一輛出租車。

我們來到他那間還沒來得及裝修的新居,坐在灰濛濛的窗台上。我劈頭蓋腦對冬子道:

「你以後別再這麼抬舉我了,你的心意我領了。可你與其這麼盲目吹捧我,不如對我說點實話,我需要實話:我到底有沒有文學才能?老實說,對此我現在很懷疑。」

冬子沉默着,側身望着窗外,我看不見他的眼睛,只看見他的側面,一筆可以描畫出的那種,簡單,流暢。我說:

「冬子,你知道我為甚麼喜歡你嗎?」

他看我一眼，搖頭。

「你還記得咱們初次見面的場景嗎？」我道，
「在我們寢室，你們一幫新同學跑過來認識新同
學。你也是坐在窗口位置上，我往你那邊看了一
眼，有一種奇怪的感覺：這人的線條怎麼會這麼
平滑？擁有這樣平滑線條的人，在我生命裏只有
一個人，就是我爸爸。說起來你也許會覺得不可
思議，你的確有點兒像我爸爸。長相、說話的神
氣，都給人這種信賴感。」

冬子笑道：

「我不知道你這是抬舉我還是挖苦我，像你
爸爸，我很榮幸，誠惶誠恐。不過我心裏卻一
直是把你當成我的師長的。你要我說實話，那
好，實話說我認為你的文學才能絕對超過我，可
是讀你的小說總有一種不到位的感覺，差一點
點，眼看就要到達那個高位了，卻就是到不了
位，差一把力還是差一口氣，我不知道。我只

是憑直覺這樣感覺。讀你每一篇小說，開頭我都以為要看到一首氣勢恢宏的史詩，可看着看着，結果看到的，卻是一條小河，斷斷續續——對了，正是這種感覺。我不明白，好好一個故事，你為何要將它講得這麼斷斷續續支離破碎呢？為何每到關鍵時刻你就含糊其詞呢？你會說，這是現代派手法，我要說，假如這就是現代派，我寧可離它遠點。也許這正是我成了暢銷書作家的原因。我知道我是矯枉過正了，可我的才能只夠我走這麼遠，我只好放棄那些高智商的讀者；你呢，你就不同了。我總覺得，你之所以老是在原地徘徊，是因為你一直沒打破你心中的某道禁忌。」

這段話中其他的話都沒甚麼新意，我明白那都只是冬子對我一貫的啦啦隊態度之變調——變着說法給我打氣喊加油而已。不過其中有個詞語，特別令我震動，那就是「支離破碎」。我覺

得，這個詞兒一語打中了我小說的要害。

在跟冬子談過話的那天晚上，回到家裏，我把我發表過的全部小說翻出來瀏覽一遍，我驚奇地發現，好像我的過去在一些碎紙片上向我呈現，若隱若現，欲蓋彌彰。很多的片段，卻沒有一塊是成形的。主人公們只是一些影子，從字裏行間飄忽閃現，當我伸手想要把握住他們，他們就飄開了，我抓住的只是一塊衣角，一根髮絲。因為我從來都不想徹底了解他們，我害怕，無論李沙、老奚頭，還是我媽我爸，無論在現實中還是在小說中，我都害怕一不小心，進入某個我不想進入的禁地，發現那種我不想面對的真相。

11

馮尼格特為何要寫《囚徒》呢？我可以理解
他非得把德累斯頓大轟炸寫出來的那種執拗，卻
對他寫作《囚徒》的動機迷惑不解。我翻閱這篇小
說時一直在想，這部小說也許只是小說家職業病
發作的結果——捨不得扔掉素材的邊角餘料，把
它們廢物利用一番。我自己就常常這麼作，尤其
是在那些素材來之不易的時候。說真的，當我
第一次瀏覽《囚徒》，我的確把它當作《五號屠
宰場》邊角餘料的廢物利用。那個倒霉的主人公
斯塔巴克，也跟《五號屠宰場》的主人公畢利一
樣，是個二戰老兵，他從德累斯頓大轟炸中死裏

逃生。從此他生活的點點滴滴,都不可避免地沾染那場浩劫的餘燼。可是,由於正料都給老畢利用光了,可憐的老斯塔巴克,就只能拾取前者唾餘。唾餘就是唾餘,看上去總是讓人感到假假的。這大概就是我一直沒能把部小說好好讀一遍的原因吧?

可是,二零零五年七月二十一日,當我在庫爾汗林業局招待所從宿醉中醒來,隨手翻開這本書時,看到的如下段落,讓我心中不由得一動。

自從我無意中使利蘭‧克魯斯身敗名裂以來,他和我不相往來已經十年多了。他和他的薩拉有個女兒,比我兒子大三歲。當時,他曾是國務院的一顆最明亮的流星,人們普遍認為他有朝一日會當上國務卿,甚至當上總統。利蘭‧克魯斯的美貌和迷人的風度,在華盛頓是誰也比不上的。

我是這樣使他身敗名裂的:我宣誓就職時,

為了回答國會議員尼克松的查問，說出了一些人的名字，他們在經濟大蕭條時期當過共產黨員，但在第二次世界大戰中都證明了自己是傑出的愛國者。我把利蘭‧克魯斯也包括進這個名單裏去了。

看到這裏，你們多少有點兒明白我心裏一動的由來了嗎？「出賣」，我想到了這個詞兒，以上這段話是不是說，斯塔巴克出賣了他的老同學克魯斯呢？我不由得把書翻到前一頁以滿足我緊張的好奇心。我看到了如下的描述：即將出獄的老囚犯斯塔巴克，被他的宿敵拉金單挑，那仍將繼續服刑的囚犯羞辱他說：當自己還是一個孩子時，就知道了斯塔巴克，緣起於他在收音機裏聽到了斯塔巴克在國會聽證會上的發言：

「你知道我在收音機裏聽到的是甚麼嗎？」

「不知道。」我說——百無聊賴地說。

「我聽說一個人作了一件誰也不能寬恕他的事情——我拋開他們的政治觀點而言，我聽說他作了一件他自己都不能寬恕自己的事情，那就是出賣他的密友。」

最後這句話像子彈一樣打中了我，我趕緊往下看，但就在這時，門被敲響了。一下，兩下，三下，一下比一下急，伴隨着一個男人的呼叫：

「鄭中！鄭中！」

「奚大為！」這是我頭腦裏冒出的第一個名字，使我不由得打量一下四周，以判斷自己目前所處的的時空位置。對面劣質梳妝鏡裏映出一個老男人睡眼惺忪的形象，沒錯，這是年過半百的我。我立即清醒過來：不，不可能是奚大為，昨天他們不是說奚大為去了香港嗎？一定是于三毛，昨天他自告奮勇，說今天帶我去看老奚頭。

果不期然，是于三毛那張志得意滿的面孔在門口顯現。

　　「走！」他劈頭蓋腦就道。

　　「哪裏去？」

　　「吃飯去！」于三毛興致勃勃，「飛龍宴，大兵作東。」

　　「大兵？」

　　「對呀，胡大兵。你忘啦？昨天坐你對面的那位。別看他蔫不拉嘰，人不可貌相，人家現在也是一方的土地了。你不是說要去塔瑪溝看看嗎？塔瑪溝林場現場長，就是他女婿。他今天一早來電話，說是女婿他們剛好套着了倆兔子，還弄了一飛龍，叫我跟你一塊去。」

　　「老奚頭那邊⋯⋯」

　　「噢，老奚頭那邊也落實了，他明天就回來。大為也可能一塊回來。」

　　儘管昨夜大家對同學往事回憶又回憶，我還

是沒法在記憶中挖掘出胡大兵的往日形象。也許是因為他太瘦小也太沉默寡言了，他是那種在任何場合都會被忽略的人物。整晚他沒有主動說過一句話，雖然就坐在我對面，我的目光卻沒有一次跟他相遇。有一次，我感覺似乎有兩道目光從他那邊射過來，但當我朝他看去，卻見他正伸箸向着桌上的一盤菜。我還注意到一件事，當人們都對我爸爸的九塊八問題表示憤慨時，只有他一言不發，對着滿桌殘羹剩菜埋頭苦幹。當時我已喝得半醉，所以只是模糊感到不快，現在，當我完全清醒，被于三毛拉着要去赴他的宴時，模糊的不快變成了清晰的疑惑，我問道：

「他請我為甚麼他自己不來？」

「嗨，人家大清早就趕去塔瑪溝安排了。他很有誠意的。他是你老爸的鐵桿粉絲。你老爸離開庫爾汗時，他還拎着袋肉包子去送了站，這是他自個兒告訴我的。他說，那是他大清早起來現

蒸的，好讓你爸吃個熱乎。你看，這人怪是有點怪，是個實在人！」

「可是……」

「嗨，反正你今天也沒甚麼事，走吧走吧！」

兩分鐘之後，我便坐在開往塔瑪溝的吉普車裏了。于三毛說，這車是他臨時跟人借的，因為去塔瑪溝的路況太差，只有吉普能走。

長話短說。

我已經完全認不出塔瑪溝了。印象中它是黑白片，只有黑白兩種顏色。白色的是雪原，天空，披上冰雪的樹木，以及在樹木之間移動着的二三人影；黑色的是那排東倒西歪的小木屋，柴堆，門洞，棲止在樹籬上的兩隻老鴉。無論黑白，都彷彿凝固在空氣裏般，冷峻如同歲月。可是，眼前的塔瑪溝卻使人眼睛一亮，黑白片轉換成了彩色片，五光十色，天是藍的，草是青的，樹是綠的，姹紫嫣紅的是漫山的野花野果。

不過，使我特別驚奇的還是呈現在眼前的這座積木般的小木屋。它像顆大蘑菇般拔地而起，長在了原先是破工棚的地方。矮墩墩胖乎乎，紅是紅白是白，童話般拙笨可愛。當我們的汽車在路口停下來，就有五顏六色一幫人從洞開的大門裏朝我們奔過來。男男女女，打頭的是個三十歲上下的大漢，而跟在他旁邊的那個小老頭，似曾相識。小老頭瞧見我在看他，燦然一笑道：

「來啦！快進屋！」

我這才認出這是胡大兵，他跟昨天判若兩人。也許因為是在陽光下，他臉上有了光彩，人也抖擻起來，連個頭也似乎長高了些。他指着身邊那大漢對我道：

「這是我女婿張向東。當年你爸教他背過詩。」

「不是詩，」張向東認真地糾正道，「是〈陋室銘〉，一篇古文：山不在高，有仙則名，水不在深，有龍則靈……」

「行啦，行啦！」有個著 T 恤牛仔褲的女子在一旁笑道，「他就會背這個，從七歲開始就拿這個顯擺。還不快讓你鄭叔進屋，菜都上桌了。」

這便是他老婆、胡大兵的女兒了。這女子眉眼跟她爸爸酷似，就連腮角的一顆痣也像，說話時也是鼻子眉毛五官都在動，不過她卻是個放大了的胡大兵。從身材到姿態，尤其是她的笑容，當她一笑起來，好像胡大兵臉上那些皺紋一下子都被拉平，舒展，延伸，於是眨眼之間，奇跡發生了，溝溝壑壑消失之處，出現的是一張青春亮麗的面孔，還是那雙眼睛，那張嘴，那個鼻子，卻是如此的光彩照人。

「別見笑，我閨女就是話多。」胡大兵道，「好像決心把我這輩子沒說出來的話，都給我說完。」

「都是你們給我的名起壞了。」女子笑道。

「甚麼名？」我問。

「胡默默。」張向東道，「這名還是老鄭大爺

給改的。」

　　我爸爸的幽靈在這座屋子裏隨處可見，雖然除了飄散在屋子裏的兔子肉的香味，一切的一切都面目全非。在這發出一股石灰氣味的客廳裏，柴禾爐不見了。那口正在炖着兔子肉的大鍋，是放在一隻電爐上。電爐則放在一個鋪了雪白桌布的圓桌正中央。四下裏光燦燦亮堂堂，洋溢着新房子的喜氣。「你爸最愛吃兔子肉了。」胡大兵的聲音在我身邊輕輕道。他像影子般悄沒聲響地跟着我，當仁不讓地負起了喚回有關我爸記憶的責任。「看，我們這裏也裝上了淋浴，你爸當年跟我不止一次提到過，說是淋浴最衛生。」當我在洗手間門口朝裏張望時，他指着那個蓮蓬頭對我道。又拿起洗臉池旁邊的一個綠色小塑料杯揚了揚，「當年他用的就是這種杯子。」我們參觀到臥室時，胡大兵突然緊走兩步，把那個大壁櫃門呼地一下拉開：「給你看一樣東西。」他一臉

神秘地道。於是我看見一塊用牛皮紙包着的東西變戲法似地出現在他手裏，牛皮紙已經被揉得變了顏色。胡大兵把它一抖，只見一片金紅散落開來。原來，那是一塊大紅被面，「你爸送我的結婚禮物。」胡大兵道，他的聲音幽幽的，在眩目的光色中流淌。

當大家在桌邊落座時，我刻意挑了個離胡大兵遠一點的位置，不管人們怎麼拉扯，我堅持不肯去坐那個位於胡大兵與于三毛之間的上座，而是坐在了張向東旁邊一個空位上。然而，我還沒來得及拿起筷子，胡大兵就站起身來，對準我舉起了一杯酒：

「我來先敬你一杯，」他用一種跟他那猥瑣的體貌很不相稱的莊嚴神氣道，「謝謝你！」

「對。」于三毛嘻笑着道，「謝謝你這大老闆大作家光臨我們窮山溝指導。我們同學中，數你跟大為最出息。」

「不，」胡大兵卻道，「我今天謝你不是因為你是大老闆大作家，更不是因為你是我老同學。老實說，我對同學的你，一點印象也沒有了。我今天謝你，是為了你爸爸。」

屋子裏頓時鴉雀無聲。那些紛紛伸向菜餚的筷子，和互相舉起的酒杯，都停在了半空中。胡大兵則視而不見地繼續道：

「謝謝你終於知道你爸是個大好人，來為你爸爸恢復名譽，鄭老師他要是地底下有靈，一定會為此感到欣慰。我呢，我今天終於有機會當着這些人，向你，向鄭老師請罪。」

他說着便放下酒杯，將身後的椅子往後面一推，退後一步，向我深深鞠了一躬。

「那份說他貪污的揭發材料，是我寫的。」他道。

寂靜中，好像這世界停頓了。

突然，嘩啦啦一聲響，好像是有個甚麼東西

砸碎了。但誰也無暇去察看，因為一直在忙着上菜招呼的胡默默這時立在了她爸身旁，兩隻手扶住了他，不無激動地道：

「爸你幹嘛這樣！爸你這是幹嘛！」

但是胡大兵一把推開她，道：

「這件事壓在我心裏多少年了，一想起來就覺得心裏堵得慌。今天我非得把它放下來。」

我忙站起來，朝他伸出雙手。隔着一座大桌子，我當然沒法夠到他，只好猛作下壓的手勢道：

「坐下來說，坐下來說！」

「對對對，」坐他旁邊的于三毛忙把他壓回到座位上，「別激動慢慢說，整個庫爾汗誰不知道你跟鄭大爺鐵，你結婚他還坐上席呢！這說明他根本沒把那事放心上。」

胡大兵坐是坐下了，臉上還是紅紅的：

「那是人家仁義，」他道，「我現在想起來，當時我怎麼就那樣孫子呢？主要是給嚇壞了，年

輕沒經過事，我心裏想，十八歲就成了反革命，我這輩子可怎麼活呢？還有我一家子人，他們都得被我連累。鄭大爺就跟我說，沒事，你看我頭上這麼多帽子，不也活過來了。挺過這陣風就沒事。我說我挺不過去，你看連局長書記都沒挺過去，死的死，殘的殘。鄭大爺就說，你別跟他們硬頂，不是讓咱交代嗎，咱就交代好了。不如把我也算上一條，我反正罪狀多，再多一兩條也不算甚麼。主意是他出的，我⋯⋯」

說到這兒，他眼睛一紅，搖搖頭，說不下去了。

大家面面相覷，誰也沒想到會碰到這麼個場面，在座的十來個人，除了我跟于三毛，都是張向東那一輩的年輕人，還有兩個是二十出頭的小青年，我猜他們根本不知道胡大兵說的是甚麼，更不要說體會他當時的心情了。「咋回事？咋回事？」有個小青年問。他坐在于三毛旁邊，手

裏還端着杯喝了一半的啤酒。于三毛故作輕鬆地一笑，道：

「嗨，沒啥大不了的事，叫我看，大兵你還真機靈，我都沒想到你有這麼機靈。你這一手，用現在的話叫甚麼來着，噢，『惡搞』，你這是惡搞人家專案組呐！哈哈！貪污九塊八，真想得出來！」

他轉頭朝我道：

「鄭大作家你說是不是？老胡他其實是個寫小說的材料對不？九塊八，怎麼想得出來的！」

「甚麼九塊八？」張向東問，他將疑惑的目光落定在我臉上。但我只是苦笑一下，搖搖頭。不知為甚麼，一時之間，我對此無法解說，雖然只需一個簡單句，我卻吐不出口。「他揭發我爸爸貪污九塊八。」這個句子裏每個詞都是常用詞，日常用語，但當它們聯成了一句，卻是發音艱難。我就是吐不出口。這時，又是于三毛出來排憂解難，他笑道：

「不知道吧？貪污是那年頭最輕的罪，何況還只貪污九塊八。」

一言既出，人人臉上都顯出了恍然大悟的神氣，然後，不約而同，發出了一誇張的「噢」字。

「噢！」張向東道，「我明白了。我爸這哪是揭發老鄭大爺呢！這是跟他評功擺好呢！就像現在，報上要是說一當官的受賄十萬塊錢，大家都會說那應當給他送塊清官的大匾。」

「對了。」胡默默隨聲附和道，「管了工隊那麼多年賬，還只貪污九塊八，上哪找這麼清廉的人去吶！」

「你現在把咱局裏每個有權的傢伙查一查，哪怕是個小小科員呢，不查出個幾萬塊來你找我。」

「今天報上還有條新聞，一個林場小出納，就捲款三十萬跑了。」

「三十萬就值得一跑？現在都動輒百萬，省

裏那個叫王甚麼的貪官，貪污了千多萬，還只判個死緩。」

「那還不是關一兩年就沒事了。反正錢多嘛，有錢能使鬼推磨。我就知道有個人……」

對於這一話題，似乎人人都有話可說，桌上又熱鬧起來。張向東湊近我耳朵，笑道：

「鄭叔您真為這事生氣？誰不知道你爸爸為人呢！我家老爺子一天到晚拿他教育我們，他在我們的心目裏都成超人了。來來來，喝酒喝酒！這酒好着呢！正牌紅星二鍋頭。」

「喝！喝！」

「飛龍咋還不上呢？默默，快去看看！」

一片喧嘩中，我覺得自己被淹沒了。疑惑、憂慮、憤怒、屈辱，這一類的感覺都在笑謔中消散。我是不是很可笑？我為甚麼來到這裏？這念頭在心裏一閃。怎麼，臉上竟有些發燒！可是紛紛伸到我面前的酒杯容不得我細想。勸酒聲

此起彼伏。菜在不斷地上，酒在不斷地加，兔子肉在鍋裏沸騰，裊裊的蒸氣使得整個房間呈現出一片歡騰景象。飛龍終於被端上來了。原來那只不過是一大盤深褐色的東西，被煮得稀里糊塗黏黏乎乎。許多隻手把它接到桌子中間，在一大堆殘羹剩菜中，它冒出騰騰熱氣。而在這團熱氣後面，是胡大兵那張飄浮不定的面孔，我看見他的嘴唇在動：

「你爸爸在這呆了十三年，都沒有吃到過一次飛龍。」

是他在說話嗎？我抬起頭來往對面看去，怎麼，在那一片熱氣中望着我的這張面孔是誰的？閉得緊緊的嘴唇，嘴角兩邊刀刻般的皺紋，鼻子高挺，雙目深陷。胡大兵？唐高斯？啊不是的不是的！

「爸爸！」我聽見這聲呼喚在我胸腔裏響着。

12

————

有必要把《囚犯》中的這段話抄錄在下面，因為，當我宿醉之後睜開眼睛，要不是剛好看到這本書，說不定立即就收拾行李回了上海，那我就永遠失去了見到我爸爸一個好朋友的機會，而我對我爸爸的了解，就會不那麼完整。

那些把我從塔瑪溝送回這房間這張床上的人可真周到，他們不僅把我安放在毛巾毯下面，讓我的身體保持平直，讓我的腦袋正好落定在枕頭上，還把一杯泡好的濃茶放在床頭櫃，把這本書放在我的枕邊，於是，我一睜開眼睛，就看到了下面這段話：

我 爸 爸 是 好 人

正如我說過的，隨着我兒子、兒媳和他們的兩個孫子的到來，隨着播放我在一九四九年對國會調查委員會作證時講話錄音的最後一部分，宴會結束了。

我的兒媳和我的孫子們似乎表現得很自然和平靜，對我表示了一個祖父應當得到的敬意，這個祖父在一切都說了和作了之後，仍不失為一個乾淨的和矯健活潑的、慈祥的老頭兒。我想，孩子們之所以喜歡我，是因為他們在我身上發現了聖誕老人的模特兒。

我兒子可真嚇人一跳。他是一個其貌不揚的、不健康的和愁眉不展的年輕人。他像我一樣矮小，幾乎像他那可憐的母親臨死前那樣肥胖。我的頭髮大部分未脫，可他已經禿光了。

我不由得注意地看了下頁碼，不是上一次我看到的那一頁了，差不多是最後一頁。頁碼472，

小說的總頁碼是 473。也就是說這段話差不多算是結尾的話了。這麼說，老斯塔巴克終於與他的兒子和解？多少有點不情不願地。我不禁把目光從書頁上收回，忽地一下坐起身來，鬼鬼祟祟地往屋子中間掃視着。我的目光落定在對面的鏡子上。在那裏面，出現的是一張蒼老憔悴的老男人面孔。鬍子拉碴，鬢髮蒼蒼，不過，那有點鬈曲的頭髮依然濃密。還好，他的面容雖然因連日來的暴飲暴食而有些灰暗，但仍然不失英俊。這一點是必須感謝我父母的，他們使我有了這副無論在哪裏都稱得上體面的相貌。然而，我並沒有因為發現了這一事實而高興起來。以上那段話中有些東西，像冷槍似地擊中了我。

騖地，我想起我那久違的前妻離開我時說的一句話：

「我受夠了，我要再在你身邊呆下去，準保會被你身上發散出來的毒素給薰死。」

她說出這話時是在法院門口，我們剛剛被判決離婚。原告是我。所以，說出這話的應當是我。為這場拖了三年的離婚大戰終於結束鬆一口氣的人，也應當是我。我不無憐恤地看着她，我想她一定是給失敗感折磨得快要瘋了，便只是聳了聳肩膀，搖了搖頭，轉身走開。然而，在好多年之後的今天，在這兩萬多里之外的一間不相干的小屋，我心裏突然湧起一陣強烈的衝動，想要問問她：她所指的毒素是甚麼？還有，既然我在她心目中是一塊毒，為何她在那長達一千兩百多天的日子裏纏住我不放呢？

　　手機就在旁邊，我一把抓起它，但立即我想到：我早已跟她失去聯繫。我最後一次跟她通電話是在五年之前，那一次，我在跟兒子每周一次的例行通話中，兒子脆亮的聲音突然被打斷，我還沒反應過來，就聽見了前妻冷冷的聲音：

　　「鄭中，今天很晚了，我們要睡覺了。」

我跟兒子說了甚麼呢？只不過跟他開了幾句玩笑而已。一向調皮搗蛋的兒子告訴我，他今天不僅得了一個進步獎，還被老師封了個官。

　　「甚麼官？」我問。

　　「小組長。管十二個人呢！」

　　「怎麼管？」

　　「誰上課玩東西講小話，我就把他名字記下來，報告老師。」

　　「那不成密探了！」

　　「甚麼叫密探？」

　　「密探就是壞人。兒子，這事咱們不幹。你明天找老師辭了這個官吧！」

　　兒子大叫：「那不行那不行，老師一定會說我退步了。」

　　「退步就退步……」

　　前妻就是在這時搶去了話筒：

　　「我們要睡覺了。」她又說了一遍，聲音挺

疲憊。

「我再說一句，只一句話。」

「我們要睡覺了。」她說。然後，電話就掛上了。第二個星期我再打電話去，電話裏就傳來錄音機的聲音：「該電話已停止使用。」她從來不告訴我她的手機。就這樣，母子倆從我的生活中消失了。一個月後，我接到那作媽的人一封信，信上只有兩行字：「不要來找我們。孩子在我身邊一定會成長得很好。他長大後如果願意的話會去找你的。」

我真的沒去找他們。倒不是因為那時我已開始了另一段情，也不是認了命，相信父一輩的悲劇要在兒輩身上延續。我只是對自己沒有信心。也許，她是對的，孩子沒有我的影響會成長得更好。不管怎麼說，她有一點是比我強的，她有信仰，哪怕這信仰不過是不惜一切手段出人頭地，至少，她知道自己要的是甚麼。

可是此刻，當一肚子的兔子肉飛龍肉在我肚子裏咕嚕作響，口腔裏冒出陣陣酒氣，陣陣惆悵像突起的寒風一樣掠過心頭。北方冷冰冰的陽光散落在床頭床尾、地板上，我心中突然湧起強烈的好奇心，兒子怎樣了？他還好嗎？在他眼裏我究竟是個甚麼樣的人？毫無疑問，他不會把我看成聖誕老人，可我也不想他把我看成魔鬼。多年以來，我第一次強烈地意識到兒子的存在。不對，無論相隔多麼遙遠，無論我們之間音訊斷絕多久，我的存在還是會影響他，他的存在也會影響我。這個孩子，他已經上高中了吧？說不定也是陳一一章二二那些流行作家的粉絲之一、擠在那些追着他們要簽名的人群中吧？突然，有個念頭使我打了個寒噤：他讀過我的小說嗎？

頓時，我身子一挺，從床上坐了起來。幾乎與此同時，電話鈴響了起來。我奔過去抓住它的動作，一定弄出了特別大的動靜，因為立刻就有

人在我房門上敲:

「有事嗎?有事嗎?」一個聲音喊道。

沒事。電話裏一個蒼老的聲音問:「誰找我?請問,是誰找我?」

「你是誰?」我道。

「你是誰?」他道。

我叭地一聲將話筒放回原處,衝着房門大吼一聲:「沒事。」

之後是一片死寂。世界似乎被我這一聲吼鎮住了,嚇矇了。

「沒事。」我自言自語道,朝屋子裏環顧一圈,「沒事。」在如此深不可測的寂靜中,這聲音是會陷落的吧?

13

———

　十八個小時以後，我已經坐在上海家中的客廳裏、面對着那個 8R 的皮質相框了。相框旁邊，是一個 24R 的仿水晶相框。我媽媽那張清癯的面孔從相框裏直對着我。到家後的第一件事，便是將爸爸的這個相框從電視櫃旁移到位於前廳的裝飾櫃，我媽的遺照一直擺在這裏。我想，現在，她也許願意讓我爸爸陪在她身邊了吧。

　頭天中午，當于三毛跑來告訴我老奚頭趕不回來時，我心裏一輕，可以說是鬆了口氣。于三毛說：

　「老頭子這回病得不輕，醫生不讓出院。」他

的口氣悻悻然，好像老奚頭回不來有他一份責任似的，「要不，我陪你去趟齊齊哈爾。我知道他住在哪家醫院。」他道。

我連忙一笑，道：「不行了。我還得趕回去上班。下次吧！」我說，「說不定過些天我又來了。既是聯絡上了這麼些老同學，尤其是你。啊，這回可把你忙壞了。下次來上海或是香港，可一定要讓我有機會陪陪你哦！」

「一定，一定。這麼說你覺得此行有收穫嘍？」

「那是當然。」

「你看，這麼多人都還記得你爸爸，昨天我好感動。沒想到你爸爸跟胡大兵還有那麼一段……」

「是不是下午有趟車去哈爾濱？」我打斷他的話道。

為了怕自己改變主意，我立即就讓于三毛

拉我去車站買票。在招待所門口，我們碰到謝麗娜。她手裏捧着一個瓶子，說是特為給我作的酸奶：「你爸爸那時候最愛吃的。可惜我那時太窮，沒給他作過幾次。」謝麗娜說。

一聽說我要走，她大驚小怪地道：「這就走！剛來就走？我還尋思着讓你上我那兒吃頓飯呢！」

「麗娜作的羅宋湯是庫爾汗一絕。」于三毛說，「祖傳的，正宗俄國風味。下次吧，下次再請。」

但謝麗娜並不走，她不由分說地坐到副駕駛位置，說是怎麼着也要送我一程。

「時間還早，我們不如繞鐵道東去車站。」她神秘兮兮地道，「鄭中，我要領你看個地方。」

「甚麼地方？」于三毛問，「在哪兒？」

「北山。但你不知道的，誰也不知道。鄭中他就更不知道了，你就開吧，我給你們引路。」

北山我怎麼會不知道呢？那是離鐵道東最近

的一處山林，南山太遠了，東山太高了，只有北山有片開闊山坡，上面稀稀疏疏長着些松樹和柏樹，還有一群白樺樹。樹與樹之間，是草地。從前，我跟奚大為沒事就往那裏跑。夏天去採酸根和野果，冬天去撿柴禾，而在短暫的春天，冰消雪化之際，我們去山上打野戰……

謝麗娜的聲音像一道楔子敲入記憶：「這邊這邊，右拐。」

她寬大的後背擋住了前方視線，我記得，那個方向就是北山。可是，從她肩頭和座椅的縫隙裏，我只看見七零八落的一座座泥木小屋，懶洋洋偃伏在陽光下。用劈柴碼成的院牆旁邊，間或閃過一張木無表情的面孔，昏昏欲睡，四十多年的歲月似乎沒在鐵道東留下一點痕跡，甚麼都沒改變，泥巴小道、柴禾院牆、東一塊西一塊的菜地、菜地邊大大小小的垃圾，緩緩踱步的狗，從一堆垃圾走向另一堆，像豬一樣地拱着背吃着爛

菜幫之類的食物。只是，不見了樹林，不見了白樺樹林。

「左拐。這邊！」謝麗娜突然伸出手一指，「看！就在這邊。」

於是奇跡般地，眼前一亮，出現了一片山坡，青草地，草地前方，遠遠地看見了幾棵樹。

「白樺樹？」我不由得叫道。于三毛笑了：

「哪還有甚麼白樺樹！樺樹好燒，早都被人砍光了。那是樟樹，貴重樹木，三令五申，重點保護，才留了這幾棵。麗娜你是想讓鄭中參觀這個？」

「再往前開，往前開。」謝麗娜道，伸長的手臂像不肯褪去的回憶，執拗地伸在面前，「再往前。」

車突然猛地跳了一下，震得我們一齊在座位上彈起。

「沒路了！」于三毛道。

「下車。」謝麗娜叫道。

她下了車也不多說，徑自便朝山上走。我們也只好呼哧呼哧跟在她後面。

「謝麗娜你不是要綁我們的票吧！」于三毛一路爬一路抱怨，「怎麼越走越沒有人氣啦？」

這段山路對他來說的確有點勉為其難，他正在發福階段。大肚腩特別不利於爬山。不過謝麗娜根本沒理會他，她興沖沖獨自跑在前面。突然，遠遠地，她一個大轉身停下來：

「到了。」她說。指指身邊的一個小土堆，「就是這裏。」

這只是一個毫不起眼的小土堆，假如不是土堆旁立了塊小石板，我就會把它看作四周高高低低的草甸子中的一個。土堆上也長了稀疏的草，草中間也夾雜着五顏六色的花。我還能認出那種紫色的小花，那時我們管它叫紫耳朵，吃到嘴裏甜甜的。我蹲下來，撥開一叢伸到石板上面

的紫耳朵細看，石板上灰濛濛的，但是還能依稀看出有幾個用小刀刻出來的字，歪歪斜斜的：

「忠忠之墓。」

我驚訝地抬起頭來：

「誰，忠忠是誰？」

「一隻貓。」謝麗娜道，眼睛裏閃爍着毫不掩飾的得意之情，「是我給牠作了這個墳。挺高級吧？」

見我們仍是迷惑不解地瞪着她，她便繼續解說道：

「你爸爸走的時候，把牠留給了我。忠忠的故事好神奇。牠是你爸在塔瑪溝養的，你爸受傷以後住在國柱這裏，沒幾天牠就找了來。幾十里山路呢！你說神奇不神奇！你爸躺在炕上那些日子，牠天天守在屋裏，好幾次，我都碰到他們兩個——你爸和忠忠——在說話。你爸跟牠說話牠呢就坐在對面看着他，好像句句都能聽懂似的。你爸回北京時，牠已經老得走不動路了，我

就說：先放我這兒吧，等您安頓好再來領牠。你們猜怎麼了？大叔走了沒幾天，牠就死了，是餓死的。誰餵食牠都不吃。真是忠忠呀！」

在往上海趕的這一路上，我一直在努力回想，一九七二年我去塔瑪溝時，見沒見到過忠忠呢？我怎麼也想不起來。也許牠在場，只是因為那間小屋裏的人太多了，讓我忽略了牠的存在。但我感到奇怪的是，在我後來跟爸爸相處的日子裏，我怎麼從未聽我爸爸提起過牠呢？特別是牠這個奇怪的名字。

我在忠忠墓上抓了一把土帶了回來，用個小酒杯裝了，放在了爸爸的照片面前。望着相片上的爸爸，和他後面相片上的媽媽，奇怪，我心中一片空白，找不到此時此刻最適當的感覺。我想起謝麗娜講完忠忠的故事時看向我的那雙淚眼。我知道她是想看看我的反應，這時我應當掉淚才是，可是，儘管心裏實在難過，眼睛卻乾乾

的，連濕潤的感覺也沒有。就在那時我鞠身抓了
這把土，與其說是為了留個紀念，不如說為了有
理由低頭背對着他們。不知為甚麼，我不想讓人
看到我此刻的表情。有時候，表情是非常私密
的，就像私處一樣必須隱藏，避開所有的目光。

　　前廳燈光黝黯，我只打開了一盞壁燈，在啞
灰色的光線中，相片上的爸爸似乎變年輕了。而
在他背後的媽媽，由於燈光的反光，時隱時現的
更加神秘。她那平時看上去就像蒙上一層紗的目
光，也更加恍惚迷離。

　　「媽你知道了吧？」我聽見我自己的聲
音，「其實，爸爸是好人。」

　　一道白光刷地一下打進屋裏，也許是一輛汽
車駛過吧？白光閃處，那雙原本朦朧的眼睛驀地
栩栩如生，媽媽的眼睛，含怨帶怒，直對着我。

　　「媽你聽見了嗎？」我又道，「你沒嫁錯
人。他是好人。」

白光已經熄滅，眼前的一切頓時隱退到一片黑暗中，好似有一雙無形的手，把它們從前台推向舞台深處，那沒有佈景，沒有燈光的幕帷下面，萬籟俱寂。

14

———

　　老苊茼和冬子都向我提過這樣的問題：為
何你在小說裏老是寫你爸、而很少寫到你媽呢？
是不是你對你爸的感情比對你媽深一些？有位
名叫古樹的評論家，對此得出的卻是相反的結
論，他在列舉出數段我小說中寫媽與寫爸的例證
之後，斷言：我有戀母情結。由於在潛意識裏把
父親看作情敵，便試圖以小說達成與父親的和
解，恢復心靈的寧靜與平和。我不得不承認，他
這番炫耀理論牽強附會的胡言亂語，還真歪打正
着，道出了我們家庭關係的部分真相。

　　我媽去世時我差十天才滿十一歲，在這十一

年的歲月裏，我跟她分開最長的日子也不超過兩天。我沒有兄弟姐妹，我媽一直沒有正式工作，所以我倆可以說是相依為命。尤其是在她生命最後的那一年，她和我孤零零回到她老家。我們也沒甚麼親人了，每天除了上學，我都和她呆在一起。不過，雖然只有我這一個孩子，我總覺得，我媽對我並沒有特別的喜愛，至少，她從沒將之表現出來，她對我最親暱的表示也不過是抱一抱我的肩膀而已，印象中，她從來沒把我擁在懷裏，當然更沒有親吻這一類的愛撫舉動。原來我以為這是她內向的性格使然，她跟我爸爸在一起不也是淡淡的嗎？直到我目睹她臨終前跟黎阿姨相處的情景，我才不無傷心地發覺：她其實是個情感相當熱烈的人。在那些天裏，她倆日日夜夜在一起，夜裏還睡在一張床上；白天，黎阿姨總是坐在床頭，我媽睡着了她就一邊織毛衣一邊守着她。只要我媽是醒着的，她們就竊竊私

語，有說不完的話。讓我不由得想到，我媽就是為了跟黎阿姨互訴衷腸，才堅持拖着這副垂死之軀離開我爸爸，來到這潮濕陰冷的小城。

《紅色的小夢》裏關於箱子的情節大半是真的，但最重要的一個細節卻是虛構：我並非在黎阿姨死後第一次看到箱子蓋內的字。早在我們還在庫爾汗時，我就看到過了。每逢我有獨自在家的機會，我的樂趣之一就是打開這口箱子觀看。對箱子裏的東西我倒沒多大興趣，那大都是些色彩斑駁的舊衣物而已，我主要是看那些字，主要是看那四個字：愛情永固。在那年月那地方，這行字古怪又神秘，似乎是異域遠古的事物，很難將它跟現實生活連繫在一起，更難將它跟每天冷臉相對的我爸爸我媽媽連到一起。那四個字特別的黑，黑得發亮的那種黑。當初大概蘸足了墨汁寫下的。有時我會湊近去聞聞，有沒有墨汁的香味呢？當然，沒有。

當我看過了箱子再看爸爸媽媽，總覺得眼前的情景不像是真的了。他們是不是在我面前演戲呢？有一次，當媽媽把一鍋苞米碴子飯呼地一聲放上桌，誰也不看地說「吃飯！」時，我忍不住說話了：

「媽媽你有愛情嗎？」

假如我事先知道這一問題會引起的麻煩，我是絕不會這麼問的。我第一次看到他們如此配合默契、同仇敵愾。他們飯也不吃了，抓住我非要問個水落石出：我是從哪裏學到這個詞的？知道這個詞是甚麼意思嗎？一個七歲的孩子，怎麼可以這樣說話？我哭了。要在平時，這可以幫我渡過難關，他們兩個人中，總有一個會因我的眼淚而軟化。但這次不靈了。爸爸低聲吼道：

「不許哭！你別想蒙混過關，今天一定得說清楚！」

媽媽附會道：「說吧說吧！我們這是為你好，

你要是出去對別人也這樣說話，那還了得！」

　　但是，不管他們如何追逼，我還是沒說出箱蓋的秘密。只胡亂承認是在一本書上看到。因為我隱約感覺，說出真正的來源，會引起更大的麻煩。

　　他們沒猜到我偷看了箱子嗎？不得而知。至少，他們從未對我表示過。我和我媽離開庫爾汗的路上，這口箱子一直都由媽媽自己提着。雖然她病病歪歪，一路上都在咯血，卻從不放開箱子。有一次我們佔到整整一張長椅，夜裏她讓我睡在椅子上，把箱子枕到我頭下，當我睡着以前，她悄聲在我耳邊道：「警醒點，抓着箱子。」其實她這聲叮囑純屬多餘。每次我醒來，都看見她自己的手緊緊抓在箱子把手上。

　　在我跟她在家鄉小城相依為命的那年，我沒多少機會翻看箱子。媽媽很少出門，而箱子就放在她床頭。再說，我們的境況堪憂，我也沒有心

情去看它了。我沒有料到，就在她快要去世的前些天——最多不會超過十天，我只記得黎阿姨還沒到。深夜，家裏唯一的燈早已關了，陰冷的星光從窗簾縫裏透射進來，在那業已腐朽的地板上撒下模糊凌亂的光點。我從夢中醒來，看見我媽大睜着的眼睛，她低聲呼喚我，說：

「把箱子提給我。」

我眼睜睜看着她坐起身來，將箱子打開。眼睜睜看着她將裏面一件件的東西拿給我看。依稀記得有旗袍、帽子、絲襪這些女性衣物，還有一個鑲滿了彩色珠子的小盒，大概就是現在所謂的化妝盒吧？因為她從裏面取出了唇膏之類的東西，呆呆看了會兒。最後，她摸出了一個鐵皮盒。比六十四開的書稍大一點，肥皂盒那麼厚。原本大概上了漆，但漆皮已差不多掉光了，露出了鐵青原色。為甚麼她將她生命中如此重要的東西放在這麼個破爛盒子裏，我一直沒機會問她。

我記得非常清楚的是，她使出了很大力氣去打開盒蓋，本來就顫抖的手顫得更厲害了，於是，我伸手去幫了一把。沙沙的響聲中，那有點生鏽的盒蓋開了，我第一眼看見的，是兩隻金戒指。

「這是我的結婚戒指。」我媽說，「你爸一隻，我一隻，都在這裏。我會叫黎阿姨把它們當了，作你的生活費。」

她的聲調很平靜，很沉着，使我想起電影裏臨危不懼的女共產黨員，不過，此情此景，激不起我絲毫敬畏之情，只覺一股無以名狀的恐懼感從心底透出，令我窒息。而她呢，我媽媽她看也不看我，目光一直盯在那對戒指上，繼續講：

「照理說，結婚戒指是珍貴紀念品，應當留給你保存下去。可是我對這場婚姻失望已極。我這輩子太失敗了，而我作下的最為失敗的一件事，就是跟你爸爸結了婚。我快死了。我死之後你有兩個選擇，一是再去那個凍死人的鬼地

方，回你爸身邊；再一個就是跟黎阿姨走，她是好人，我最好的朋友。她有一份好工作，沒政治問題。她會好好待你的。」

　　為何我沒在《紅色的小夢》中，或其他任何一篇寫我家的小說中，如實描寫這個場面呢？也許它倒正符合老芃蒨的要求，能夠賺讀者一把眼淚。我沒寫，倒不是因為我不想出賣自家的隱私取悅讀者，而是因為我一直無法為我媽這番臨終遺言找到合理的前因後果，使之令人信服。多年來，我一直都想不明白，是怎樣一種強烈的情感讓一個女人，一個受過高等教育、賢妻良母式女人，在臨終時對她兒子說出這番話來。明擺着挑唆她兒子棄絕父子之情。她必定是對丈夫已經深惡痛絕，她心中埋藏的那份怨恨，折磨得她咽不下最後一口氣。最不可解的是在此之前的歲月，她都與那男人同舟共濟，雖是冷漠無奈，也算是夫唱婦隨。我親眼看見在庫爾汗那個大雪飄飛的

站台，我媽伏在我爸背上，雙手緊緊勾住他的脖子。而我爸的一雙大手，更緊地抓住我媽那雙手。天那麼冷，他也只戴了雙單手套，為的是把她抓得更牢些。這樣患難與共的一對夫妻，怎可能、怎可能他們之間只剩下仇恨呢？

固然當我十一歲坐在媽媽臨終的床前，不可能把思緒理得這麼清。我只是感到如雷轟頂，我是如此地震驚，以至於把那件即將臨頭的大禍——媽媽快死了——的悲痛都置諸腦後了。那一刻我的表情，用「呆若木雞」來形容大概最合適。我一句話也說不出，傻掉了。箱子完全在我面前打開，我的目光正對着那四個大字：愛情永固。可是這一度令我心旌神搖的字句，此時對我一點意義也沒有。我之所以盯着它，只是因為害怕轉移視線。就像一個站在懸崖邊緣的人，不敢移動視線的原因，是怕一動之下，就有可能一個失腳，落入萬劫不復之淵。

媽媽到底是媽媽，她沒有逼我當場表態。她說完那些話，便把累得直喘氣的身體，倒在了枕頭上，在枕頭上，她雙眼還是死死盯住我，說：

　　「放心，媽媽會把你安排好的。」

　　黑暗中，我悄悄關上了那口箱子。從此，我再沒偷看過它，即使是被領到了黎阿姨家裏，我常常獨自留在家裏，箱子就放在五斗櫃，一開開櫃門就看得到，我也沒去翻看它。就好像那是一隻被施了魔法的箱子，一打開，就會把妖魔鬼怪釋放出來。

　　爸爸在我家打開箱子那年，我已經二十八歲了。此刻，那個畫面清晰地出現在我腦海，歷歷如在眼前。正如小說所描述的，最先進入我視野的，是箱蓋上的字。但剎那之間，爸爸手一鬆，箱蓋就叭地一聲朝後倒下去，所以那四個字，「愛情永固」，只是驚鴻一瞥地從我眼中掠過。我的目光立即被爸爸抓在手裏的那個物件吸引。那是個

筆記本，深灰色硬皮封面的。

是的，引得爸爸老淚縱橫的，不是箱蓋上那些早已斑駁的字樣，而是那個筆記本。一打開箱子，他就把它抓在手上。「她還留着它！」這是他情不自禁說出的第一句話。情不自禁，這個詞用在這裏再合適沒有，簡直就像是為這一場景訂造的。當我想到這個詞的剎那，爸爸那朝我「嗖」地射來的目光便又回到眼前，我不由得伸手在面前這張相片上抹了一下，手指上有灰，再看看，仿皮相框裏的那雙眼睛，並沒有對準我。

冬子到底是小說家，一語中的，「為甚麼一到關鍵時刻你就含糊其詞呢？」在《紅色的小夢》中，三言兩語，父子之間二十年的怨恨便冰消雲散。不過現在我可以回答你了，冬子，那是因為，因為我一直都沒讀懂父親的那一瞥。他是想探詢我的反應呢？還是為剛才的失口表示歉意？總而言之，他沒給我探問的機會。籔地，他避開

我的注視，淡淡拋出一句：

「以前的本子質量真好。」

他沒解釋他剛才的激動，他也沒問我看沒看過這本子，他開始低着頭翻看箱子裏的東西，好像那些才是他最關注的。大約就在這時，我把戒指交給他：

「喏，我只拿到了這一隻。」我頓了頓，又補充一句，「本來有兩隻的，你的那隻，我想被阿姨當掉了吧？」

連我自己都感覺到了語調中的那種幸災樂禍口氣，不，這麼說不準確。我沒有那麼惡毒，要給這老人的哀傷雪上加霜，我只是不能準確表達心情，欲說還休？欲蓋彌彰？也可以說是一種自我保護的手勢吧，我想知道真相，然而，一分錢的代價我也不想付了。

爸爸感覺到了這些嗎？不得而知。他甚至都沒有問一問：「你怎麼知道原來有兩隻戒指？」接

下來的時候，他一直都是沉默的，低着頭。對戒指問題不聞不問。在我繼續察看箱子裏的物件時，在我去廚房給我倆煮方便麵時，他一直沉默着，翻看那個本子。然後告辭的時候，他帶走了它。只是向我招呼了一句：

「喏，我拿去看看。」

15

————

　臨來上海上班的時候，走得匆忙。只有兩天
時間，辭職退租以及繳交各種費用的事務就把我
忙得團團轉，還得應付喬爾西，讓她心平氣和。

　喬爾西是我這兩年的女友。當我們建立這種
相對自由的同居關係時，彼此都心照不宣：與其
說我們相愛，不如說我們相憐。我還記得我們相
遇的那個晚上發生的事。純屬偶然，我在回家的
輪渡上坐在她旁邊。她在看報紙，而她看的那一
版，正是我編的。所以，當她起身下船時，我幫
她拾起掉在座位上的傘，就這樣搭上話，知道雙
方都住離島，都是單身。既是如此，何不一起吃

個晚餐呢？

　　喬爾西有種特別的本領，甚麼事情到了她嘴裏，都變成一則八卦傳聞，有點庸俗，低級趣味，但總能使你在「啊」地一聲後，笑了。一塊牛扒沒吃完，我便發覺，原來半生經歷不管有多少酸甜苦辣，都可以濃縮在不鹹不淡的三言兩語之中，然後，稍一停頓，吐出個詞，一語中的。下面是她介紹自己的原話：

　　　　土生土長，香港製造。愛好：讀書和栽花種草。喜歡的作家：張愛玲和亦舒。老爸也許在澳洲，也許在非洲，也許死了。老媽住在土瓜灣。本人是資深文員兼資深──失婚人士。

　　也許，我是被她眼睛裏某種特別的東西打動了。是好奇心兼同病相憐之心，使得我忘記了我一向信守的交女友規條：「千萬不要跟小資情

調的離婚女子囉嗦。」喬爾西這兩個禁忌都佔全了，但那天晚上吃完飯，我卻還是跟着她走進了她那套花草香與海腥味交雜的出租屋。

喬爾西長相平平，甚至談不上端正。她眼睛細瞇瞇的，笑起來嘴還有點歪，從容貌上看跟我前妻和羅拉根本不在一個檔次上。但她卻有她們兩個都沒有的一種東西，溫柔。第一次，我在她身上體驗到如水的柔情。那樣無微不至的纏綿，把我淹沒，使我沉醉。所以我一點也沒想到，在那溫柔笑靨的後面，有着致命的癡迷與癲狂。我根本沒料到她會有甚麼問題，所以對她如實相告：我要去投奔老情人了。

喬爾西第一時間的反應倒很平靜：「那好啊！」她說，「有老情人可以投奔，那好啊！」

她心平氣和地看着我收拾行李，還幫我遞東西，捆膠帶，當我對着一紙箱的舊物，不知如何是好，她就說：「先寄存在我那裏吧。我會好好幫

你保管的。免費。」

我說：「萬一你跟我翻臉了呢？」

她瞟了我一眼：「我為甚麼跟你翻臉？你不是說愛我嗎？」

「我當然愛你。我為甚麼不愛你。」

說這話時，我一手按着箱子裏的東西，一手關箱蓋。東西太多了，我得使點力氣。但就在這時，肩膀上着了狠狠的一下。猛抬頭，我看見喬爾西那雙含淚的眼睛，睜得大大的，瞪着我：

「真愛還是假愛，你說！」

我心裏一驚。以前她也問過這話的，但都是開玩笑的口吻。我們之間很少扯到感情問題。我覺得在這問題上我們都作得很公平，互有所得，也互有所予。喬爾西給我溫暖，在她的懷抱，那種與生俱來的恐慌感似乎消失了。可是我不也安慰了她的孤寂嗎？當我以撫愛回報她的撫愛，訴說着我的感激時，她往往嗔笑着對我說：

「傻瓜！你也給了我很多哦！」

她說她從前最怕過年過節，也從不去參加朋友的家庭派對，怕的是置身在那些成雙結對男女中孤單落寞的感覺。是我，使得她快樂起來。「知道嗎？你是一個善解人意的好情人。」她說。

可是現在她瞪大一雙淚眼看着我，是希望得到甚麼呢？我把她的手從肩上拿到手裏，嘆口氣道：

「對不起，我只能給你這麼多。」

「我指的不是錢。」喬爾西說，「你跟我也交往了這些日子，總該知道我最看重甚麼。其實，你完全不必為了錢去作自己不想作的事。你窮，我不在乎。兩個人只要相親相愛，粗茶淡飯就好。何況咱們並不真的很窮。就算現在，去供一層七八百呎的樓也不是問題。我一個人就可以承擔。你呢，也可以安安心心寫你的小說⋯⋯」

諸如此類的話，她還說了很多。可我完全

沒心思聽了。說實在的，我被她那種認真的口氣嚇着了。在跟她交往的那些年月裏，我從未想到與她長相廝守。從某個角度看，前妻清月說得很到位：「去奔你那狗屁事業去吧！你這人根本就不配結婚。」是呀，我的事業也許不足道，但誰值得我為了她而犧牲事業呢？不是清月，更不是她──我偷眼窺一下喬爾西，憤怒使得她那張本就不美的面孔更加不堪。驀地，我想起她夜半的鼾聲，粗粗的，時斷時續。我喃喃道：

「讓我想想，讓我想想⋯⋯」

當然，我還是如期上了飛機。喬爾西也如約到機場送我，自始至終，保持着平靜的微笑。她甚至還在分手的最後一刻，把手中替我拿的那個提袋交給我時輕輕捏了一下我的手。這是我們中間一個私密的暗語，意思是：放心吧！

那時，我一點也沒想到該從另一角度去理

解這動作。由於忙亂，由於放不下情面，多多少少，也算是給她的一點安慰，我還是把那口紙箱留在了喬爾西家。沒多久就把它忘了——連同其保管者。公司的事、跟羅拉周旋，佔住了我全部時間。起先喬爾西還時不時給我打個電話，發封電郵甚麼的。電話的聲音並不見得怎樣熱烈，口氣一如既往不緊不慢的，使得老有十萬火急之事等着處理的我，無暇玩味；電郵裏她雖然稱呼我「親愛的」，但是，在電郵裏這樣稱呼我的女子，不下十個。喬爾西的電郵不比別人長，談的都是些生活瑣碎。有一次，她說她要來上海看我。我告訴她我正好要去美國述職，她也就沒有堅持。

得知喬爾西自殺是我來上海之後八個月的事。消息是間接來的。有個我們從前共同認識的香港朋友在一次酒會上碰到，寒暄之間，他突然道：

「喬爾西出事了你知道嗎？」

「誰？」

「喬爾西陳，眼細細像林憶蓮的那個⋯⋯」

「喬爾西。」

「對，就是她，她在離島、好像是坪洲吧？燒炭自殺。大件事耶，好多報紙都登了。」

一時間，我感到透不過氣來。對方一定是發覺了我的失態，驚問：

「你不知道嗎？我還以為⋯⋯」

我好容易才發出微弱的聲音：「不⋯⋯不知⋯⋯那麼她⋯⋯」

「她沒死。救過來了。」

我覺得他那雙小眼睛在無框鏡片後面滴溜溜地轉，也許這邂逅、這輕描淡寫的口氣，都是一種偽裝，他特意來向我報告這消息，或者，根本就是喬爾西派來的，來打探我的反應。又或者⋯⋯我一聲不響望着他，好像在遙看遠山。我竭力保持臉上肌肉的靜止。唉，我能堅持站在那裏，談笑自如，應酬到酒會結束，真是一

種奇跡。一待我出得門來，走出所有熟人的視野，我立即拿出電話，撥打喬爾西的號碼。只是在這時，我才痛心地發覺：兩個月跟她不通音訊了，怎麼我竟沒想到打個電話？

電話裏是個冷漠的女聲：該用戶已停止使用。

我忙奔回家打開電腦，劈里啪啦打出以下這幾行字：

親愛的喬爾西你好嗎？想念！為何電話老是打不通，電郵也總是退回？你在哪裏？在作甚麼？盼回覆。

可是，待要點擊「發送」的那一剎那，我的頭腦清醒一點了。忙將手指從鼠標上抬起。全是一派謊言！每一句每個字都是，包括最後那句話。苦大仇深的喬爾西此時對我感覺如何，不言而喻。她要是肯搭理我才怪呢！即使回覆，也是

一頓臭罵，趁機發洩她那滿腔怒火，我這不是找難受嗎？話說回來，要是這樣作能讓她開心一點倒也罷了，問題是，最大的可能只是將那快要癒合的傷口揭開，大家都再痛一次。何苦來呢！

「喬爾西對不起！」我低聲道，手中的鼠標用力一拖，將那兩行字抹黑，再一拖，它就沒了蹤影。

又是一道白光一閃。這座小樓最大的毛病就是在馬路邊上，即算半夜兩三點也有汽車駛過，鬼魅般悄沒聲響，卻照亮了心中的某個角落，「喬爾西對不起！」我一邊打開電腦一邊悄聲道。好像那雙含怨帶恨的眼睛就在跟前一樣。黑暗中，我的手指輕輕在鍵盤上摸索着擊打，屏幕上漸次顯現出如下的字句：

親愛的喬爾西：對不起，是我。我真的沒想傷害你。雖然我自知有負於你，但我不是成心

的。也許我們生長的歷史時空和文化背景太不同了。我一直以為，既然大家都缺乏愛的能力，就不要輕易將自己捲入愛情中。我沒想到你不是這樣的。假如我想到了，我就會……不過現在說甚麼都晚了。我寫這封信不是有意搞擾你平靜的生活，而是想探問：我寄放在你那裏的那箱子還在嗎？我想拿回它。拿回的方法隨便你。只看哪樣作對你較好。

我甚至都沒再看一遍，就趕緊點擊「發送」，怕的是猶豫一下就會又將它抹去。事實上，我已經開始在後悔了。我從來沒找到跟喬爾西溝通的正確話語。對，就是這兩個字，「話語」。這個時下文學批評家愛用的術語，平時老是覺得它別裏別扭，放到這裏倒正合適。我和喬爾西，其實一直在各說各話，哪怕用的是同一個詞彙。比如說，我真的不能預測，喬爾西對「文化背景」這

個詞是怎麼理解的。她言談之中時不時冒出「文化」這個字眼，但總是跟些莫名其妙的詞彙搭配在一起：文化雜錦、文化搞手、垃圾文化、茄喱啡文化，等等，在她那裏，好像任何詞都可以跟文化掛上鈎，帶出嘴角一絲嘲諷的微笑。「愛情」這個我以為非常隆重的字眼，她可以隨時掛在嘴邊，像餐桌上的胡椒，拿起來隨意揮灑。可是，就在你跟着她一起調笑的時候，卻發現面前的那份大餐變了味，濃烈得令人無法消受。這個從量變到質變的轉換，是何時完成的呢？

　　儘管飛機降落帶來的耳鳴反應還未完全消除，我還是坐在電腦面前，呆呆瞪視着屏幕。等甚麼？難道我指望喬爾西會立即回信？突然之間，一個念頭使我驚起，假如喬爾西一怒之下，把我那個箱子扔了呢？！

　　那麼，我將永遠看不到那個本子，黎阿姨的本子了。

16

‒‒‒‒‒‒‒‒

　　我爸爸是在過了好多天之後才來找我的——
拿去那個本子好多天之後——至少有一個月。來
的時候，手上拿着一個包，身後跟着奚大為。我
們約見的地方是在校園大門口，一座毛主席銅像
下面。明明下着細雨，我卻覺得四下裏特別光
亮。當我們三人在校門口那間小飯鋪圍着張方桌
坐定，我才發現原因何在：爸爸滿面紅光，那一
向灰黯沉鬱的臉色，也似乎亮堂了起來。我不由
得問道：

　　「你們喝了酒？」

　　「沒有沒有！」他倆異口同聲否認。大為道：

「這不，我們找你來喝了。」

爸爸把手上那個包朝我一遞：「喏！」

「本子？」我道。

「甚麼本子？」爸爸詫異道，但立即猛省，「噢，不是不是，是我收集的一些文革小報、傳單，你不是說正在寫一篇有關文革的論文嗎？我想這些資料也許對你有點用。」

奚大為插嘴道：「原先存放在我爸那兒，你爸特意寫信叫帶來的。你爸對你，那真是！」

那天我們喝了甚麼酒，吃了甚麼菜，我一點也不記得了。能夠記起的只有我爸爸那張神采飛揚的面孔。他一反常態，話特別的多，有關他與副部長上司之間友誼的故事，就是這一次講的。又講起他和老奚頭在塔瑪溝建場的往事，如何被一對熊瞎子堵在帳蓬裏，三天三夜，差一點就成了那對熊公熊婆的點心。

「好一雙恩愛夫妻，真是夫唱婦隨吶！」爸

爸道，哈哈大笑，笑得那麼響，引得周圍桌上的食客紛紛轉頭朝我們看。連奚大為都感覺異樣了，他對我道：

「我這次來發現，你爸爸氣色特別的好，從來沒有過的好，像變了個人似的。」又對我爸道，「是不是恢復工資級別的事快解決了？」

我爸聽見這話，臉色一沉：「沒有。」他道，搖搖頭，「這事麻煩得很，他們說……唉，不要提了——我氣色特別好嗎？小中你看呢？」

在這之前，他一直都稱呼我鄭中，自我記事以來，人前人後，他一直都這麼叫我。我媽有一次說他：「嗨，是自己的兒子呀！」他不在意地一笑：「叫慣了。」可是現在，這個暱稱就自然而然從他口裏溜出來了。

「小中，」他道，「你的酒量不錯呀！」

我一點也不記得我們喝的是甚麼酒了，雖然，那是我第一次開懷暢飲。好像我就是從那天

開始喝起了頭，變成了今天這樣一個酒鬼。但我卻不記得那天誘我沉淪的到底是哪種酒，完全沒印象了。大概是因為其他感覺太強烈了吧？

借着奚大為去洗手間的空檔，我終於有機會問爸爸：「黎阿姨那本子，看完了嗎？」

他看了我一眼，含糊其詞地道：「看了⋯⋯還沒⋯⋯還要再看看。你沒看過嗎？」

「沒看過。」我不動聲色地道。

「那，我再看看吧。」

「好。」我道，「看完給我。我想⋯⋯那是她留給我的。」

「是嗎？」爸爸道。

我總覺得他說這句話時，目光在定定地看着我。小飯館裏光線不好，印象中，好像其他所有的事物，桌椅啦，菜餚啦，旁邊桌上的食客啦，還有充塞在店堂裏的人，在走道中來來往往的跑堂，櫃台後面的收銀員，都隱沒在一片陰暗

中，而突顯在這一片陰暗之中的，浮現在這一片朦朧之上的，便是這雙朝我望着的眼睛。可是很奇怪，每當我想要捕捉從那雙眼睛裏射出的那兩道目光，它們就倏忽而逝，不知去向。難道那一切都只是我一個幻覺？喝醉了，潛意識在作怪？不過，現實卻千真萬確，爸爸在世時，那本子再沒回到我手上。我是在爸爸死後，才在他遺物中找到了那個本子。

那時他還住在招待所。工作雖然分配好了，安排宿舍卻遙遙無期。說是等着要房子的員工至少排到了三年以後。爸爸倒也不急，他似乎對他棲身那間招待所小房賓至如歸，「很好，很好。」每逢我問起他的居住情況，他都這麼說。從庫爾汗回來時，他帶來的全部行李，也只有草草釘成的一隻木箱。四正四方，半人高。木箱他已拆散成了板材，堆在床底下，說是留給我打家具用。而裏面裝着的東西，到他去世時，我所看見的，

也只是幾套舊衣物，幾十本書而已。那個淡灰色封面的本子，就夾在那堆書中。

當我拿起這本子，第一個衝動是要打開它，坐下來仔細看。前面我已經提到。當初，這本子第一次出現在我手裏，我就已經翻看過了。沒看出甚麼名堂。雖說我並未想以這本子為素材寫一部新狂人日記，但也沒想到，在我的記憶中如此神秘如此浪漫的黎阿姨，竟會留下這麼一本平平無奇的筆記。

可現在不同了。當我爸爸看過了它，且一直將它保留在身邊，它在我眼裏就有了新的意義。我想，他原先一定是想要跟我談談它的，只是找不到一個合適的話頭。要是那天奚大為再晚兩分鐘回座，要是後來我們有機會詳談，要是我再次跟他提起這本子，說不定他就會打開話匣，向我點出解讀這本子、乃至他生命的密碼。

但那天整理爸爸遺物時，我剛剛打開本子，

看了第一頁，就把它合上了。

　　很難說清我當時的那種心境。是害怕真的發現甚麼秘密，無法承受？還是相反，害怕甚麼故事也沒有？甚或，是我當時太忙？那正是我與前妻談婚論嫁的關鍵時刻。現在我清楚感覺的，只是當時打開筆記本時的那種氣味，霉味？不，寧可說是一種陳腐苦澀的氣味，不堪回首，好像將我又帶入那個在記憶中漸漸消褪的南方小鎮。總之，我趕緊將本子合上了。

　　然後在很多年中，走南闖北，每次清理行李，遭遇到這個本子，我都會毫不猶豫，將它拋入準備保留的物件那邊，心裏想着：「等安定下來再⋯⋯」跟喬爾西一塊打點行裝那次也是這樣。一邊是我要帶走的旅行箱，一邊是暫時存留在香港的紙箱。是喬爾西先拿起這本子，她用兩個手指夾着它，好像夾着一件沾有細菌的污物：

　　「扔掉吧？怎麼有股怪味？」她道，一邊用

另一隻手在鼻子前面搧着，她有潔癖。

　　我忙搶過來，比她更誇張地一隻手抓住本子，另隻手把它大力翻動：

　　「甚麼味？紙香味。古董味。這是個珍貴的紀念品。」

　　「那怎麼塞在這堆破書中？」

　　「破書？我爸留下來的書！都是些絕版書。」

　　喬爾西不服氣地撇撇嘴，放下那本子，拎起一本書，在我面前一晃：「這本也是？」

　　那是一本薄得像中學生練習簿的書，紙張都發黃發脆了，封面只是一張硬一點的白紙，也發黃了，上面一排黑體字：關於胡風反革命集團的材料，再一行小一點的字：「人民日報」編輯部編輯。

　　我搶過這本書和那個本子，一起扔進紙箱：「都是都是。你懂甚麼？你連胡風是誰都不知道吧？你們香港人，只知道馬經、食經，還有就是

八卦周刊。」

　　其實那也是我第一次看見那本書。爸爸留下來的書，我一本也沒翻過。感覺上都是黃黃的用劣質紙張印刷劣質的政治學習材料之類的東西。之所以沒處理掉，只是因為一直都沒時間整理。在把那本書扔進紙箱的一刹那，有個念頭在我心裏一閃：「也許該把這本東西帶到路上看？」然而手一鬆，還是讓它和那本子一起，落入了紙箱。

17

真奇怪，雖然天上高懸着一個太陽，卻下起了雪。

雪落到我肩膀上、鼻子上、手上和眼睫毛上。「奚大為！」我叫道，我習慣了有點甚麼事就叫奚大為，「奚大為咱們今天坐爬犁上學吧！」

一隻手猛地拍在我的肩膀上。用力之大，使我不由得打了個哆嗦，回頭一看，嘩，怎麼是個老頭，白眉毛，藍眼睛，雪花飄落在他那身白底藍條的病號服上。

「你是誰？」我驚問。

「斯塔巴克。」他說，口氣就像巫婆對青蛙公

主揭曉自己的身份一樣，得意中透着陰險，「你跟我很熟的嘛！」

怎麼可能？難道我已經出過國了嗎？去那些黃頭髮藍眼睛的傢伙所在的國度，一直都只是我的夢想而已。原因很簡單，我只會兩句英文，那就是「Yes」和「No」，也許還可以加上一句：「OK。」可憐我一着急，還會忘了該說這三句中的哪一句。

「Yes。」我說，天吶！其實我想說的是「No。」

然而老頭兒並不介意。鬼佬們總是能根據你的表情明白你真正要說的是甚麼。

「你忘了嗎？這一路上我都跟你作伴來着，是馮尼格特介紹我們認識的。」老頭兒眨眨眼，「那個作家。」

「噢——！」我道。可是更大的驚奇還在後面，斯塔巴克衝我詭譎地一笑，將他那張皺紋纍纍的臉往我這邊湊湊，道：「看看我給你帶來了誰？」

「誰?」我往他身後一看,頓時愣住了:一雙含悲帶怨的眼睛在那兒望着我。

「喬爾西!」我叫道。

「我把你要的東西給你帶來了。」喬爾西道,「喏,是不是這個?」

薄薄的一個本子伸到我面前,白中泛黃的封面上,有兩行黑字:「關於胡風⋯⋯」

「不,不是這個⋯⋯」

喬爾西好像沒聽見我的話,又或者是我只在心裏那麼想,並沒發出聲音來。只見喬爾西緩緩走到我面前,幽幽道:

「我現在已經知道胡風是誰了,還知道周揚、路翎、丁玲、舒蕪,馮雪峰,一大串的人,都知道了。我讀了很多文學書,我甚至還拿了個中國現代文學的學位。」

「那好,那好呀!」我說。千言萬語湧上心頭,我不知道先說哪一句好,也不知道說甚麼合

適。只好一個勁地說：「那好。」可她就站在我面前定定地盯着我，還得說點甚麼才行：

「喬爾西對不起。」我道，「這麼說，你收到我的信了？」

「甚麼信？你給我寫過信了嗎？」

「咦，那你怎麼知道我要你帶東西……」

「是我告訴她的。」斯塔巴克插進來，似笑非笑地道，「我跟你難道不是心有靈犀一點通嗎？咱們都情場得意，愛上過三個女人。」

我不由得叫了起來：「不同的不同的！」我想說我並沒有愛上過喬爾西，對前妻清月的感情，也與老斯塔巴克與他妻子的感情不可同日而語。至於羅拉……但老斯塔巴克顯然正在興頭上，大概被他在情場上的一連串勝利沖昏了頭腦吧，他不由分說笑道：

「我看基本相同。喬爾西跟瑪麗·凱瑟琳一樣，也是來打救你於水火的。」

瑪麗·凱瑟琳何許人也？我認識她嗎？我還沒來得及把這話問出口，老斯塔巴克就道：

　　「你忘了瑪麗嗎？我那變成了大富婆的第一任女友嘛！你的喬爾西現在也今非昔比囉，知道她嫁給了誰嗎？」

　　「誰？！」

　　「洛克菲勒。她現在是洛克菲勒夫人。」

　　我看着喬爾西，她微笑不語。我這才注意到她穿了一套摩登套裝，米黃色真絲襯衫配一條深灰西裝裙，腳上是一雙小巧玲瓏的高跟鞋，也是米黃色的，新潮的那種尖俏式樣。難怪她看上去那麼光彩照人了。我說：

　　「喬爾西恭喜你！」

　　「上車吧！」她說。

　　一輛黑色雪佛萊應聲停在了我們身邊。車門無聲地打開，有個人探出身來朝我看着。

　　「奚大為！」我叫道，「你怎麼也來了。」

「你剛才不是使勁兒叫我嗎？」這土頭土腦但氣度不凡的漢子道，「你忘啦，這裏是我老家。看，那不就是土豆地。」

我抬頭一看，可不，在碧藍色的天空下，一片黑油油的土地朝遙遠的地平線鋪陳過去。而在土豆地右邊，像一根銀線那樣逶迤蜿蜒的，是那條冷冰冰的鐵道線。

「上車呀！」奚大為朝我們招呼。

看着其他兩位那種氣定神閒要往車裏鑽的樣子，我不禁好奇地探問：

「我們這是上哪去呀？」

「上塔瑪溝。」奚大為道，「你不是想洗雪人家潑在你爸爸身上的髒水嗎？」

「可是，真相都大白了呀！于三毛沒告訴你？」

「那只是部分真相。」奚大為道，「你要想知道全部真相，必須再去塔瑪溝走一趟。」

我心裏咯噔一下：「你甚麼意思？難道九塊

八毛錢還會牽扯出一個驚天大案不成？」

奚大為不響，他只是望望其他兩位。我也看看他們，就在這一剎那，我分明看到，他們三個人交換了一個眼神。是那種共謀者之間的眼神，共同謹守一個秘密。難道？我不假思索地衝到喬爾西跟前，抓住她的手叫道：

「喬爾西你看過那本筆記了是嗎？她說我爸爸出賣了她是嗎？那不是真的！不是真的。」

穿了雙高跟鞋的喬爾西原來是如此高挑，好像比我高出整整一個頭，她伸手在我頭髮上撫了一下，又一下。

「可憐的小中。」她說。

「我沒想到。」斯塔巴克那怪裏怪氣的中文又在耳邊響起，「中國人也跟美國人一樣，那麼看重忠誠。想不到你爸爸他比我還慘。」

「錯！你倆沒可比性！」奚大為道，「你那是甚麼環境，鄭大爺那是甚麼環境？再說，他是有信仰

的。他是為信仰付出代價。你有信仰嗎？你有嗎？」

斯塔巴克那萎縮的身體突然挺直了，臉上的皺紋也驟然平展。剎那之間，他從一個行將就木的老頭變成了一個高大威猛的青年，身上的西裝也變幻成一套軍裝。全副武裝的他，對着奚大為喝道：

「信仰個屁！不許把我跟他爸爸相提並論！我是好人，他是壞人——」

「不……不……不……」這個字在我胸口裏翻滾，衝撞，轟鳴，可就是找不到出路。我發不出聲音來。有個東西壓在我的胸口，阻止我發出聲音，我伸出雙手，奮力推向它，嘩啦一下，與此同時，好像有股濁氣在身體深處衝騰而起，終於把一聲呼喊推出胸口：

「不！！！」

18

———

睜開眼睛，我看到的第一個影像是一雙特寫式的大眼睛，由於逼得太近，一時間，我分辨不出它屬於誰：

「喬……喬……」

「我是羅拉。」

羅拉一發出聲音來，我就完全醒了。羅拉就有這種特異功能。也許，當初正是她這一特點吸引了我。

羅拉跟我不是一個系的。偌大一個校園，她們外語系與我們中文系一個在東邊，一個在西邊，中間相隔一條河還有一個大廣場。我跟她就

在河邊相遇。其實用「相遇」這個詞說明我們的結識並不準確。在她跟我搭話之前，我們已經在河邊天天「相見不相識」好些日子了。她坐在上面讀外語的那條石凳，跟我躺在上面看天的草地相隔咫尺。羅拉是個漂亮女孩，這點我早已看清楚。但我對漂亮女孩天生有免疫力，尤其是像羅拉這種張揚的漂亮，那種盯你一眼就像咬你一口的勁頭，足以令我敬而遠之。可是有一天，我把目光從天上轉到身邊，發現她就站在我跟前：

「喂，別裝了。」她道，「想追人家就明白說出來嘛。」

我的第一衝動是憤怒。竟然把我看成她那群淺薄的追求者中的一員！我騰地一下坐起來，道：

「追誰？哼，你以為你是誰！」

「我是羅拉。」羅拉說。面不改色，眼睛裏還有盈盈笑意。

一時間，我傻了眼。在我的經驗中還從來沒

有過這種女孩。

「我……」我道,「我只不過在這裏呼吸新鮮空氣而已。寢室環境太惡劣。得,要是你覺得影響了你,我轉移,轉移。」

「你真的從來沒發現我在你旁邊?你真的從來沒看我一眼?」羅拉道,直視我的眼睛。她就是有這種本領,甚麼話都說得出來,說甚麼話都理直氣壯,而在她那咄咄逼人的目光下,你會像中了魔一樣,亂了章法。也就是說,偏離了自己習慣的思路,順着她那套思路滑行。

當我得知羅拉交上那個美國小子,甚至跟他去了一趟泰山以後,我去找她,她也是用這種目光直對着我:

「好哇,你的信息準確。」

這一來,反而我顯得有點傻了,只好氣呼呼道:

「解釋一下。」

「怎麼啦?」她說,「他可以把我辦去美國。」

「你這人還有沒有禮義廉恥的概念!」我氣壞了,語無倫次,「簡直是,簡直是妓女的語言!」

「妓女也是人。」羅拉道,「何況我還不是妓女。如果他真心幫我,我會愛上他的。」

「可是一個星期前你還說你愛我。」

「不錯。但愛是會轉移的。你既然說你沒有把握能給我帶來幸福,憑甚麼我應當吊死在你這棵樹下呢?」

她在說這話的時候,大概沒想到三十年後,在九龍酒店燈光幽暗的酒吧,她對我說出同一句話,只是賓語由「你」改成了「他」,那是在我問起比爾──那美國小子近況時。

「憑甚麼我應當吊死在他的樹下?比爾早都是過去式了。」羅拉說,「其實,我從來沒愛上過他。我不喜歡他那種類型的男人。」

我知道她希望此時我說甚麼話。但我也不是當年那個一門心思愛她的傻小子了。事實上，就算她此刻明明白白向我示愛，我也沒把握能重燃愛火。羅拉也老了，儘管燈光那麼暗，依然可以看到她額頭眼角隱隱的皺紋。我只是微笑不語，誰都會成熟是不是？

於是，就在那微暗的燈光裏，伴着菲律賓歌手如呼如喚的歌聲，羅拉向我講述她的淘金記。她側臉對着窗外，窗外是燈光閃爍人流熙攘的彌敦道，入夜了那裏人卻更多了。玻璃擋住了車聲和人聲，所以我耳邊只有這被菲律賓式藍調和謠曲過濾得七零八碎的低語。搖曳的燈影加上金湯尼的酒力，一切都蒙上一層夢幻的色彩。

「……所以，我是幸運的……當然得付出代價……幸福不是毛毛雨，你還記得當年我愛唱的這首歌嗎……你就沒甚麼話要對我說嗎？唉，其實我知道你要說甚麼……你沒變，男人總是比女

人沉得住氣，不過，也只是沉得住氣而已⋯⋯」

突然我感覺到面前一個東西在晃動，定睛一看，是一隻戴着玉鐲的手掌：

「喂，你是不是還在聽我說吶？」羅拉的聲音。

幾乎與此同時，歌聲和音樂戛然而止，我猛抬頭，只見一束紅藍色的燈光中，那目光憂鬱的吉他手擁着俏麗的女歌手，鞠躬。

「別看那裏，看我！」羅拉道，「我在問你話呢？」

「甚麼？你問我甚麼？」

「問你願不願意幫我來作。」

「幫你作？為甚麼？我在報社作得好好的。」我注視面前這個珠光寶氣的女人，心中無名火起，「求仁得仁。你得到了你所要的。我也得到了我所要的。現在我好歹也是個作家了。出版了五本書，第六本正在印刷中，是我香港專欄的結

集。有沒有興趣看？我給你寄一本⋯⋯」

「可你並不開心。」羅拉打斷我的話，「對不對？你成了作家，但你並不開心。你比過去更孤獨了。老中，你別想瞞我，看你一杯接一杯飲着金湯尼那種神色我就知道，我是過來人我知道。嗨，咱們都別裝了，你並沒找到你想要的，我也沒有。」

羅拉的目光在對面牢牢盯住我，她就是有這種本領，你就算百般不情願，也得打醒起十二分精神跟她周旋。那種目光，雖然無恥，卻不由你不正視。她盯着我，我也盯着她，心裏一下子空了。

19

心裏一下子空了。

「羅拉，」我說，「我對你已經沒用了。辭職信你已經看到了吧？謝謝栽培！可惜我跟你根本不是一路人。明天，明天我就回香港。這套房子，你是現在收回還是明天收回？」

羅拉默默盯住我，在那種目光下，我覺得我變成了一個傻瓜，一杯乾不下去的苦酒，一塊正在被甄別的石頭。

「是因為那個喬爾西對不對？」她終於道。

「甚麼喬爾西？你胡說些甚麼？」

「別裝了。」羅拉仍然目不轉睛盯住我，「可

你知道嗎？喬爾西不在了。沒有喬爾西。」

「你意思是——」

「意思還不夠清楚嗎？她死了。」

本來我是躺在那裏的，一聽這話，立即坐了起來，睡意全消：

「你把她害死了？！」我道。

羅拉一巴掌打我肩上：

「醒醒！醒醒！別胡說了，喬爾西是自殺死的。」

「沒有沒有！她被救活了。」

「那是第一次，第二次她雙料自殺，服藥兼跳樓。就在半年以前。」

我心中立即閃現電腦上那兩行句子：「親愛的喬爾西你好嗎……」我衝口而出：「天吶要是……啊，我害死了她！」

羅拉嫣然一笑：「跟你有甚麼關係？她是個憂鬱症患者。你跟她在一起那麼久都沒發現嗎？

她有病。可憐的喬爾西對你倒是戀癡情的，至死不忘……」

「你怎麼知道？」我又將目光對準羅拉：她嘴上抹了些甚麼？怎麼這樣紅？「你怎麼知道！」

那兩片通紅的嘴唇猛地一咧：「我當然知道。她臨死前給我寫了信嘛！」

大概是我那副見了鬼似的神情嚇住了她，羅拉目光裏的鋒芒在褪去，她嘆了口氣，道：

「你是真不知道還是假不知道？喬爾西早就給我寫過信，就在你來上海之前，她給我寫了第一封信。希望我放棄你。我告訴她她錯了，我根本沒要抓住你，也根本沒有左右你的力量。我還說，如果她真愛你，應當幫你完成這次轉折，因為這對你非常重要。你把事業看得比甚麼都重要。我沒說錯吧？跟你交往這多年來，你不是一直在嘮叨着這事業那事業的嗎？」

「你，你為甚麼不告訴我？」

「告訴你有用嗎？」羅拉的目光裏閃過一絲笑意，「有用嗎？對她有用還是對你有用？你就會因此愛上她？或是為了她犧牲你的事業？你會嗎？我太了解你了。你不會的。那只會令你跑得更快更遠。我說錯了嗎？你這人骨子裏是個非常冷酷的人。喬爾西這一點倒是看對了。她說咱倆天生一對，咱倆的區別僅僅在於：我是表面冷酷，你是骨子裏冷酷。」

對面這兩片通紅的嘴唇一掀一掀的，詞語好像看得見摸得着似的從裏面流出。一個一個，一股一股，敲打着我的神經，在這樣連續的敲打下，神經麻木了。可是突然，有一擊擊中了要害，我跳了起來：

「你說甚麼？再說一遍！」

那道詞語的激流倏忽而止，羅拉驚恐地看着我，驚恐閃現在她那一向趾高氣揚的面孔上，使那面孔變得突兀陌生，一時間我竟認不出她了：

「哪句話？」她道，「哪句話？」

「遺傳，剛才你說遺傳？」

「噢，那是喬爾西最後那封信裏的話，家族遺傳。她說冷酷是你們的家族遺傳。喂，別這樣看着我好不好！喂！」

羅拉敲敲我肩膀又敲敲我手臂，好像我是一台突然失靈的機器。我倒是想對她笑一笑動一動表示我在正常運作中。可嘴巴一張，吐出的卻是一串笑聲：

「嘿嘿，嘿嘿，嘿嘿……」

這聲音，是我發出來的嗎？

20

在這一團亂麻中，我能辨析得出的意義只有一點：喬爾西不會給我回信了。她死了，我再也看不到她了。

我這輩子多次經歷過親人的死亡。也許由於經歷得太多，老實說，除了十一歲那年我媽的死，其他人的死對我都沒太大的衝擊力了。仔細推敲，與其說我為他們的死而感到悲痛，不如說我為自己的生存感到哀傷。哀傷與悲痛是有很大區別的。「痛」雖然劇烈，卻會漸漸自行平復；而有時看都看不出來的一點「傷」，卻會像病毒，慢慢地滲入血液、骨髓、心底。當初那種

茫然若失的苦澀，經過歲月的煎熬，提煉出來的點點滴滴汁液，竟然是五味俱全的了。

也許，這種感受，以黎阿姨的死來說明較為清楚一點。儘管那已經是二十四年前的往事，當時我站在病房門口，看着那些白衣人將蒙上了白布的擔架車推出門去的情景，還歷歷如在眼前。我記得那在白布掩蓋下欲蓋彌彰的人體輪廓，雖然黎阿姨死時已瘦得不成人形，但被單下頭顱和四肢的位置依然清晰可見。病房門太狹窄，我得把身子緊貼着牆，擔架才得以通過，即便如此，我大腿左側還是擦到了擔架車，扯動了那被紮緊的被單，擔架上那模糊的人形微微地一顫。「借光」，那擔架工喊道，瞪着我看。我不由得低下頭，我不想讓他看見我乾涸的眼睛。不管怎麼說，我也算是死者唯一在場的親人吶！

我記得四十一年前，我提着那隻小箱子跟在黎阿姨後面走出我暫居的小院的場景。她說：「這

箱子不重，你能提得動，是不是？」我點頭。點了一下，又一下。其實我心裏對那箱子很抗拒，倒不是對箱子有甚麼成見，而是隱約有種憂慮：我抗拒這個提着箱子跟在一個陌生女人後面走的男孩角色。我不想被人憐恤。我竭力挺胸直背，目視前方。黎阿姨看了我一眼，自言自語道：

「唉，這孩子心腸倒蠻硬的嘛！是他爸爸的兒子。」

我為甚麼記住了這句話呢？因為這是她對我說過的寥寥說話中，重複過最多次數的一句。有時候吃着吃着飯，她看我一眼，會突然冒出來這麼一句：

「真是，真是他爸爸的兒子。」

我摸不準她說這話時的情感，褒貶臧否？是嫌我跟她一樣沉默寡言呢？還是讚許我在無常命運面前的鎮定自若。我實在摸不準。然而，有一點我很清楚，我倆一直都是陌生人。她不明

白我，我也不明白她。儘管我們睡在同一個房間，我的那張折疊床就支在她那張單人床旁邊。夜裏，我聽見她輕輕的鼻息。不止一次，在黝暗的夜光中，我看見她靜靜靠坐在床頭。側面看過去，那一形象特別美麗。尖削的下巴，高挺的鼻梁線條，就那樣深深刻在了我的心裏。後來，我曾想過，若是當時我們兩人中的任何一個，開口說話，也許我們就會變成了真正的親人。那些秘密就不至於像炎症一樣潛伏在心裏，侵蝕我們的血肉之軀，使之離析，崩潰。但我們不僅沉默着，且盡量屏聲靜氣，生怕驚動了對方。終於，黎阿姨坐得累了，我看見她悄悄把身子往下溜去，一邊偷偷朝我這邊看一眼；我呢，就趕緊將眼睛閉上，一隻手按在胸口，怕心跳的聲音給她聽見。

病發作得很突然。早上她還給我作了早點，像平時一樣給我整理好書包，檢查作業完成的情

況。還在一張給家長的通知上簽了字，我還記得那端端正正的字體：黎莎，有棱有角，一筆不苟。她把那張小紙條折了一折，又一折，然後把它塞進我書包側面的小口袋，叮囑一句：「放在這裏了，記得呀！」

那天輪到我作值日，所以回家比平常晚了一點，推門進屋，我意外地發現黎阿姨沒像平時一樣在飯桌旁忙碌，而是躺在床上，被子一直蒙過臉。我不假思索，叫了一聲：「黎阿姨！」

驀地，只見兩隻手把被子往下一拉，露出了兩隻眼睛。我的第一感覺是看到了一條死魚，兩隻突凸的眼睛直對着我，這是誰？我不認識她了，我盯着那雙眼睛，那雙眼睛也盯着我，眼看着它們在變色，變成深灰，變成墨黑，終於，大驚失色，世界在那一剎那變成兩個深坑，要把我吞沒其中。危乎其危之際，只聽見耳邊一聲淒厲的尖叫：「啊——」

這聲音也許是她發出來的，也許是我發出來的，也許是我們同時發出來的。我記不清了，那一刻的感覺實在太強烈，我被震暈了，而那之後，是一片嘈雜，很多的聲音，很多的影像，來來往往，進進出出，腳步、人語、白色的身影、黑色的身影、水滴、毛巾、擔架、燈光、暗道……可是待我睜開眼睛，看見的是一個男人蒼老疲憊的面孔：「認識我是誰嗎？」他道。

「爸爸……」

「不對，是舅舅，我是你舅舅。」

多年之後，我才一點一點地從舅舅、從相干與不相干的人口中，拼湊出那場變故的前因後果，當然，遠遠不是全部真相。

那一天，黎阿姨發病的那一天，她得到了她丈夫的死訊。一天早上，人們在農場旁邊的一口水塘邊，看到了他的屍體。他將頭埋在泥水裏而死。他是自殺而死的。當天就被掩埋。可是，卻

有一紙遺書被保留了下來。幾個月後才輾轉交到黎阿姨手裏。沒人知道那封信裏寫了些甚麼話，因為她看了之後就隨手將信撕成了碎片。不過，轉交者之中有個人，偷看了那封信。據她對人憶述，信的主要內容，有關我的爸爸。她說，信裏有句話十分厲害，她一再對人重複：「我一生最大的錯誤，就是接受他的友誼跟你結婚。」

舅舅提起這句話就火冒三丈，他本來就是個火爆性子。他認為這暗示着我爸爸和黎阿姨是一對戀人，而我媽媽，只不過是作了黎阿姨的替補。「我早猜到了，」他嚷着說，「早猜到了。只有你媽媽是隻蠢豬！」當我爸爸來信讓他把我送去他身邊，舅舅怒氣沖沖，把爸爸那封信朝我揮舞着，吼叫：

「交給他？他都害死三個人了，你去了也是死路一條！」

也許是我驚恐萬狀的樣子使他清醒了一點，

他嘆口氣又道：

　　「跟着我，你至少可以作個好人。」

　　「我爸爸不是好人嗎？」

　　「不是。」舅舅斬釘截鐵地道。

21

當然，我沒見證丁常生的死亡，像我目睹媽媽、黎阿姨、舅舅、爸爸的死亡那樣，可奇怪的是，我卻常常夢見它，那具屍體。

與傳說中不一樣，它並不是倒伏在池塘旁邊，臉埋在泥污中，而是仰臥在一條鐵道線上。鐵道橫貫一片荒涼的雪原，傲岸而孤獨，背景是深黑色的天空，近景是鐵道東朦朧的工房。那具屍體，頭枕在一條鐵軌上。鐵軌是灰白色的，屍身是灰白色的，而那張朝向天空的面孔，也是灰白色的。每一次，我都能看到那雙睜得大大的眼睛，直瞪着我，兩道劍一般明亮的目光裏，似乎

發射出一種魔力，將我釘牢在它面前，不管我怎麼掙扎，也逃不開它的注視。它注視着我，那雙一動不動的眼珠，雖然靜止不動，卻流露強烈的感情。只覺好多好多帶有疑問號的驚歎號朝我迎面飛射，我一邊躲閃着一邊朝後退去，但卻沒法轉過頭去，逃開那雙眼睛的注視。

多年來我被這個噩夢折磨着，每次醒來後都頭痛欲裂。一連幾天被這個夢中形象追趕，我執拗地想要參透這個謎：為甚麼？為甚麼我會被它糾纏？直到一九八一年八月的那個夜晚，跟我爸爸一次詳談之後，它才悄然離去。

那是一個值得紀念的日子，我爸爸在那天終於拿到了一紙平反證書。他奔走了三年，就是為了這張十六開的公文紙。「是正式紅頭文件。」爸爸說，得意洋洋，指給我看紙上方那一排大紅仿宋字，「喏，看下面，組織部的大印咧！」

老實說我一直不能理解他這份執着，為何

不肯接受右派改正證書，而堅持要求這張右傾機會主義分子平反證書呢？兩者之間，到底有多大區別？依我看，他作右派倒還比較接近真實。右傾機會主義者的帽子，是給人家黨內自己人準備着的，你一個黨外臭老九，死乞白賴往上面靠幹嘛？我朝那張紙瞟了一眼道：

「哦，這下可以補發二十年工資吧？」

笑容凝固在爸爸臉上了：

「甚麼意思？」

「意思不是很明白嗎：右派分子不補工資，右傾分子補工資。」

爸爸愣了愣，把那張紙隨手朝茶几上一放：

「哦，」他道，「我倒沒朝那方面想。」

「那你趕緊去問問，別叫他們蒙混了你。有兩萬來塊錢吧？哈！那你就不用住這間破房了。有兩萬塊錢，可以在城裏租套像樣的房子了！」我說得興奮起來，搓着手在屋子裏走動

着，打量四下裏亂七八糟的破爛東西，「這些東西都可以扔了它們，看這床腳，都發霉了，看這紙箱，喲！長蟲了長蟲了⋯⋯」

身後沒了聲音。我回頭一看，爸爸坐在那張帆布椅上了。椅子是個老朋友處理給他的，帆布都鬆了，人坐在上面有種陷落之感。爸爸那老弱的身子陷落在椅架之間，我從背後看過去，只看到枯瘦的兩角肩膀，一個白髮蒼蒼的頭頂。

「小中，」爸爸的聲音從椅子那邊傳過來，筋疲力竭似的，「原來在你眼裏，我是這樣一個人。」

我感到心往下一沉。

在與爸爸恢復正常關係的這些年裏，我們雙方都有意無意，避免嚴肅的談話。即算這兩三年都住在北京，我們見面的機會也不多。見了面也只是客客氣氣，談些日常瑣事，小道消息，美術館有甚麼展覽，書店有甚麼新書，或是，街角

新開的那家小店，炸醬麵做得很地道，等等，等等。大家都小心翼翼，維持着這份危乎其危的親情。尤其是爸爸，連跟我說話的口氣，也是那樣的謙虛謹慎，字斟句酌。有時說着說着，會在一個句子中間，戛然而止。他看着我，我看着他，就像兩個隔河相望的人，雖有靠近的願望，卻找不到渡過去的工具。

「爸爸，」我故作輕鬆地道，「要錢有甚麼不好嗎？何況本來就是你應份該得到的錢。咱們還沒算你二十年的青春損失費呢……」

「可我想的真不是錢。」爸爸道，聲色俱厲，「我一輩子最看不起的，就是那種見錢眼開、見利忘義的人。我爭取平反而不是改正，只是因為我在乎那個名義。我這二十年磨難，證明了我追求革命追求進步的一片赤誠。證明我是自己人，而不是同路人。」

突然之間火不打一處來，我站到爸爸面前，

我看着對面這張義正詞嚴、道貌岸然的面孔，在肚子裏燒了好多年的怒火，頓時攻心。

「那，丁常生就不是自己人了？」我道，聲音像冰碴一樣吱吱作響地衝出喉頭。我不能再多說一個字了，因為喘不過氣來，因為下面的話在胸口凍結。而我的目光，也彷彿在那個有關屍體的夢中，被施了魔法，動彈不得。不過被釘牢的不是屍體，是對面這張陡然間蒼白如紙的面孔。

後來我才想到，「蒼白如紙」也許只是出於我的幻覺，在那一剎那。我太激動了，終於要面對真相。我感到眼前似乎有一片霧氣，擋住了我的視線，我擦了擦眼睛，想要把面前這張面孔辨識得更清楚。這時，我聽見了輕輕一聲嘆息：

「唉，怎麼跟你說呢？你不懂。小中，你不懂。」

出乎我意料之外，爸爸的聲音很平靜。簡直可以說是不動聲色，要不是那兩片嘴唇在動，這

聲音都好像不是他發出來的：

「我不知道你媽是怎麼跟你說的，我理解她的憤怒。不過你要明白，她那話是帶着意氣的。唉，我不知道該怎麼跟你說。」

「不管怎麼說，那都是背叛。」

「但要是……要是你必須在兩者中作出取捨，不背叛朋友就要背叛黨和國家，你會怎麼做呢？小中，你是研究歷史的，你站在歷史的高度想一想。當時我能怎麼做？我的確是以為，常生他背叛了我們當年為之奮鬥的理想。等到我明白過來，已經晚了……晚了……」

爸爸的聲音似乎發生了哽阻，拖曳着，嘶啞了，他低下頭，可是緊接着他就抬起頭：

「我也為之付出了代價。」他道，「二十年，一輩子。小中呀，你知道對一個有良知的人來說，最大的折磨是甚麼？你知道嗎？」

「可當你自己也被你那個黨國打成它的敵人

時，你難道還看不清楚嗎？你難道連你自己都不認識嗎？」

「我……我……」，我爸的聲音顫抖了，他站起身來，走到窗前佇立。

我茫然地看着他。黑夜不知不覺降臨，小屋沉陷在一片昏暗的幽昧中。從那窗戶望出去，遠近的燈光高低明滅，將這些朦朧迷離的東西包裹其中，人影啦，聲音啦，幻象啦……當時那種十分疲憊的感覺，後來經常在我身上重現。怎麼說呢？就好像是一個經過長途跋涉的人，來到一個地方，卻發現它根本不是目的地。可他沒力氣再走了，只想躺下來休息。

那天晚上我第一次吃了爸爸作的炸醬麵，佐有黃瓜絲的那種。可是，比黃瓜絲嚼在嘴裏涼絲絲的印象更深的，是我們倆的那場詳談。雖然那是我們之間唯一一次詳談，以前不曾有過，後來也不再，但談了些甚麼，我卻記不大清楚了。只

記得多是爸爸在說話，關於他的童年，如何在漫漫冬夜裏被他外婆的鬼故事驚嚇，關於他的少年，如何打一把紙傘去縣城辛苦求學，以及青年時代在陳納德飛虎隊，在抗戰前線採訪，「槍林彈雨，那真是槍林彈雨！」他說，臉微微發紅。是不是喝了酒？我也記不清了。清楚記得的，是他沒再提起丁常生，也沒提起黎阿姨。那時候，黎阿姨那個本子已經在他手裏了。肯定的，因為我記得清清楚楚，兩個月之後，他分到了房子，而就在搬家的頭天夜裏，他去世了。

怎麼當時我就沒有想到要打斷他那些散亂的回憶，讓他講講他們三個人的愛情糾葛呢？至少，總可以找到個話頭，談談那個筆記本吧！有一次，已經非常接近這一話題了。我說：「我到黎阿姨家的第一天，也是吃的炸醬麵。」

爸爸正夾起一注黃瓜絲，他漫不經心似地道：「是嗎？有沒有黃瓜絲？」

「沒有。」我道。

「那是當然的。」他道,「我沒教她這一手。」

我正待要問:「她作飯是你教的?」爸爸卻又道:

「你媽不愛吃麵。」他低頭看着碗裏道,「她一直都沒習慣麵食。」

「我說的是黎阿姨。」我道。

「我說的是你媽。」我爸道,依然低着頭。

我為何記住了這個片段呢?我想,這大概是因為,那是我爸爸在提到我媽媽時最動感情的一句話吧?我記住了他說這話時的形象,那個埋頭對着一個空碗的老人,花白的鬢角在暗黃色的燈光下觸目驚心。

22

　　奚大為的聲音在電話裏聽上去近在耳邊般地響亮，雖然隔了三十多年，從那興致勃勃的腔調裏，我還是辨識出來，沒錯，這是他。我道：

　　「我是老中。」

　　電話裏頓時肅靜。

　　空了幾秒鐘，我又說一遍：「喂，我是老中。」

　　「噢，我知道。」聲音仍然很響，但沒了興致勃勃的腔調，「噢，老中你好。」

　　「我想見見你。」我道，「你在哪裏？」

　　「齊齊哈爾。」

　　「那好，我馬上趕過來。」

「好吧。」奚大為道。

事情竟然是如此簡單。全部對話過程也不到一分鐘。而兩個小時之後，我已經坐在一架飛往齊齊哈爾的 737 客機上了。一切都出奇地順利，好像冥冥中甚麼都被安排好了，只需按下一個啟動鍵便可。我甚至拿到了一個安全門旁邊的靠窗機位。乘飛機多少年了，這還是我第一次有此好運。儘管每次都要求，甚至不惜為此撒謊，說自己嚴重偏頭痛，是個幽閉症患者，必須坐到那個比較寬鬆的位子上。那些航空公司櫃員，不論男女，都不為所動，帶着那副拒人於千里之外的微笑，搖頭道「對不起」。我靠在座椅上，把腿伸得直直的，看着窗外的景物在緩緩往後退去，懷疑：這一切是否又是一個夢？

我曾經千百次地設想我跟奚大為重逢的場景，三十多年中，其實我們之間有過好幾次重逢的機會，都被我有意無意地放過了。我記得最近

的一次就在兩年前。一次招商會上，我看見他遠遠地從大門口走進來。歲月在他身上似乎沒留下痕跡，他還是那樣興致勃勃，東張西望。巨型身軀配上一張娃娃臉，使他即使在這種場合裏也引人注目。有一剎那，我的目光與他相撞，但立即就分開了。我趕緊轉身走向大廳另一頭。我不知道我還能跟他說些甚麼。

讓我想想，這種不知能說甚麼的感覺，是何時開始在我心裏萌生的？是在我一九七二年回到庫爾汗與他重逢？還是一九七九年在北京，他到學校找我？我們之間的關係，從何時開始發生錯位，我不再仰望他，他不再照顧我？

有好多年，我都保存着他給我的信。那是我跟我媽離開大興安嶺那幾年攢下來的。有一大疊。寫信的紙五花八門，都是從各種作業本上撕下來的，作文本、算術本、圖畫本、大字本、小字本，甚至伐木隊工卡，說是卡，只是因為紙上

用藍色仿宋體印上的字樣這樣標記，紙質其實比作業紙還要差勁，是那種暗灰色的再生紙，上面打着許多橫直線條。奚大為給我的最後一封信，就是用這樣的紙寫的。我記得清清楚楚，日期是一九六四年八月二十日，我媽去世後不久。

奚大為的字一直寫得很差，而且他不知道為甚麼，認定了斜體字可以改善他那惡劣書法的瞻觀。所以那些字都像是正被一陣狂風吹打，斜向一邊，眼看就要趴倒在那暗灰的紙面上。

　　老中同學：你好！你爸說你很快就會回來。我高興壞了。我等着你回來。我去車站接你。我作了個爬犁送給你。奚大為

我把我媽去世的消息告訴他了沒有呢？我想是沒有。要不然他不會說「高興壞了」這句話的。他喜歡我媽。我媽給他織過一雙羊毛手套，

跟我那雙一模一樣，用雙股啡色毛線織的。他特別喜歡，因為戴毛線手套比戴棉手套靈活。他可以戴上這雙手套在外面玩。我們離開庫爾汗的那天夜裏，他就戴着那手套，拎着那個大網兜。在車廂門口，他把網兜遞給我。我也戴着一樣的手套。我兩隻手接着那個網兜。奚大為則用騰出來的手從後面托着我媽的腰，「阿姨再見！」他道。

我還能背出好些封奚大為的信。倒不是我記性特別好，而是他每封信都很短，最多三句話。作文一直是最讓他苦惱的一門課。每次作文，他都要讓我「給他開個頭」。所以分別時我才跟他約定，每個月都給我寫一封信。「那你用不了多久作文就會自己開頭了。」我道。

顯然，這不是鞭策他保持寫信習慣的唯一理由。那些信依然沒頭沒尾，信口開河：

　　老中同學你好！我好！我今天吃了一個白麵

大餅子！還有好多大醬和大蔥。奚大為

　　老中同學你好！今天上體育課我們滑冰了！好玩死了！學校買的新冰鞋亮 sousou ！奚大為

　　老中告訴你一個好消息！劉妖精走了。一去不復返。因為她男人犯了錯誤！哈哈哈！奚大為

　　每封信都有驚歎號。除了句號就是驚歎號。還有，信雖然短，他卻從不忘落款。奚大為這三個字倒是正寫的，四平八穩地立在那些七歪八倒的字後面，使我不由得想起他敦敦實實的身影。

　　我總是把信看了又看，立即坐下來回信，然後盼着下一封。最後那封信卻有點不同。那時我已經到了黎阿姨家，信就是她交給我的。還記得是在晚飯桌上，沉默中她突然「呀」地一聲道：「噢，有你的一封信。」說着就從兜裏掏出了那個

白色信封。一邊自言自語似地道：「我都差點忘了。」

我飯也不吃了，立即看信。看着看着，眼淚流出來。黎阿姨一聲不響接過了信去看，然後她問了一句：

「甚麼是爬犁？」

我心裏突然對她生出莫名的恨意，她那小心翼翼的動作，她那冷若冰霜的笑容，她那憂心忡忡的注視，我眼皮也不抬地道：

「爬犁就是爬犁。」站起來就走了。

我沒回信。因為我不知道該怎麼跟奚大為述說我的新情況。而且，最重要的是，我覺得無論我寫甚麼，信息都會傳到我爸爸那裏，我心裏那股對黎阿姨的隱隱恨意，轉到我爸爸那裏就變得鮮明而強烈。我不知道自己到底希望他來接我還是希望他別來接我。我只是想到他就覺得憂憤難當，記憶裏最為鮮明的那個形象，總是在庫爾汗

分別的那個夜晚，他在站台上，一身灰不溜秋的棉工裝，腰裏紮一根草繩，兩條手臂像斷了似地垂掛在那兒。他並沒看見我，雖然我就站在車門口，從列車員的肩膀旁直對他看着，他卻彷彿甚麼也沒看見。火車還沒開，他就回身往站台外走去，垂頭喪氣的背影，黯然消逝在黑夜中。

奚大為也不再來信了。也許他來過信，只是沒人將那些信從老地址轉過來。一九七二年，當我在老奚頭家見到那已長成一座「黑鐵塔」的奚大為，我們都沒提起這件事。他沒提，我也沒有。我們對坐在炕桌兩邊，就像兩個前來相親的男女，極力避免正面相看。

「怎麼了你們？」奚大嬸邊給我夾菜邊道，「小中又不是外人，一塊長大的。」

「嘿嘿。」奚大為道。

「嘿嘿。」我也道。

他爸和我爸都不在，第二天要由他陪同我去

塔瑪溝見他倆。那次牛車之旅，我還能清晰地回憶。去塔瑪溝的班車，那天臨時停開。從汽車站回家的路上，奚大為截住了那架牛車。

牛車上除了趕車的老頭，還有另一名乘客，我和奚大為背對着他們坐在車斗後部。雖然肩靠着肩，近在咫尺，卻更加不好說甚麼了。沉默在延續。那是一個寒冷的大晴天，下了一夜的雪停了。風也停了。白色的寂靜鎮住了天地，除了車輪軋過雪地的吱呀聲，四下裏靜悄悄。突然，奚大為指着一片樹林道：

「就是那兒！」

我吃了一驚，忙問：「怎麼了？」

「我爸在那兒差點沒命。」

話匣子就此打開。從他爸爸那次的驚險之旅說起。他說，那是一次森林大火，所有的人都上山打火。他爸領着的那一隊人在這一片被火圍住了。死生一線之際，解放軍趕到，把他們救了出

來。「猜猜領他們來的是誰？」奚大為眉飛色舞講了半天，戛然而止，不期然地扭過頭來，問我。

「誰？」

「你爸。」

重逢以來，我倆第一次四目相對。在對面這雙好像被凍結的眸子裏，我看見自己變形的面孔。

「瞎編！瞎編！」我叫道。

奚大為眼睛一鼓，作目瞪口呆狀：「你……」但隨即哈哈大笑，猛拍我的肩膀：

「算你機靈！」他笑道，「不過也不全是編的。一半是真事。你爸真的在這兒救過一個人，是個女的。劉大爺你說是不是？」他問那個趕車的老頭。

老頭呵呵一笑：「是，是。」又扭頭對我道：「這小子的話，你就當故事聽吧！」

直到今天，我也不知道他那故事裏到底有

幾分真，而且，這種半真半假、似實還虛的口氣，似乎就成了我們以後交往的主要格調。我一直都有一種感覺：奚大為似乎想要以這種貌似玩笑的口氣，掩飾他跟我相處時的不安。我摸不清他為何會有這種不安。如果說一九七二年是擔心辜負他爸和我爸的託付，一九七九年他還這樣就不好解釋了。那時他已經賺到了第一桶金，在我這個窮學生眼裏，已經是「財大氣粗腰桿壯」了。第一次來北京，他根本沒來找我，我還是從我爸爸那兒得知他來過。第二次，他也不是一個人來的。在校門口，當我看見他牛高馬大的身子從我爸身後搖晃出來，臉上的笑容肯定有點不大自然，因為他立即解釋道：

「我說來看看你。你爸怕我找不着地方，非要陪我一塊來。」

的確，我們已經不是一路人。奚大為是六八屆初中生，就是說上了一年中學就開始文革。之

後，除了跟我爸學過一年英文，他再沒摸過書本。在那間連身都轉不過來的宿舍小屋，他朝四下裏張望着，搖頭：

「佩服！佩服！」

「怎麼啦？」我道。

「這麼破的地方！這麼多的書！」

顯然，他對我的大學生地位一點也不羨慕。他非要拉着我們上校園後面最高級的那家飯店吃飯，又堅持要掏錢請客。

「你那點津貼，算了吧！」他道。

他點了一桌子的菜，啤酒喝了一瓶又一瓶，很快就在我們桌子旁邊碼成了一排。但他的臉，反而更白了。

「大為是海量，一次能喝一斤半二鍋頭。」我爸道，他說話的那種口氣，使我不由得看他一眼。他呢，他正在看奚大為，一邊把後者手邊瓶子裏剩下的酒往自己杯子裏倒：

「夠了，大為。」他說，「不能再喝了。」

我忙低下頭夾菜，雖然他們誰也沒在看我。我在這裏好像外人。那天我也喝了很多酒。喝着喝着，我講起了希羅多德，講起了修昔底德，還背了一段《遊俠列傳》，背的時候，我竭力睜大眼睛，瞪着另外兩張面孔，他們也瞪着我。

「你醉了。」他們不約而同地道，對看一眼。我覺得很難受，是熱的吧？熱得透不過氣來。而對面那兩張面孔，在漸漸遠去。

23

一切竟然是這麼簡單，簡單得令人失望。差不多與電影中類似的場面雷同，奚大為一隻手握着我的手，一隻手在我肩膀上拍着。比起電話裏來，他親熱自然了一點。

「你沒變。」他一連說了幾句，「你沒變你沒變！」

「你也沒變。」我說。

當然，我說的不是實話。奚大為變得多了。他臉色紅潤，皮膚卻鬆鬆垮垮，本來就不大的眼睛，被大眼袋擠得更小了。歲月對胖子比對瘦子更無情，那個牛高馬大的東北漢子變成了一個臃腫

笨拙的老者。他領着我往沙發走去。這是一間裝修得富麗堂皇的客廳。怎麼說呢？這是就這個成語的貶義來說。就說這套沙發的式樣吧，且不說顏色是深紅的，沉重躁熱的那種紅，而那軟塌塌鼓囊囊的造型，使得那一個個的座位像發酵過度的麵團，盤踞在客廳中央。人一坐上去，就深陷其中。尤其是奚大為，看上去就像是一隻掉入了陷阱的熊。不知道是不是這個原因，就連他說話的聲音也變得微弱了，好像從地心深處傳來。不，這樣形容並不確切，當他說話時我看着他，有種難以置信之感，似乎這聲音不是他真正的聲音，那真正的聲音被甚麼東西卡住了，發不出來。我便裝着參觀房間的樣子，目光在四處巡逡着，只是有意無意地落到對面龐然大物身上，看他有甚麼動靜。然而奚大為保持住那種沉着的笑容，追隨着我的目光，作些簡短解說：「這吊頂過時了。」「顏色老了點。」「那花該換了。」等等。

「大為，」我說，「真不敢相信我們這麼老了。」

他怔怔看着我，好像我這話的意思有多麼艱深，需要深思熟慮才能理解，過了會兒，才道：「可不，我婚都結過兩次了。」

「有孩子？」

「三個。」

「男孩女孩？」

「都有。」

每個字音都乾淨利落，就像一個個被猛力抽回來的乒乓球，我接不起，只能眼睜睜看着它落地。

沙沙沙地一陣響，是奚大為的腳在地板上擦動。我盯着它，我道：

「是耐克？」

「不是。」奚大為說，低下頭來看看那雙腳，但立即又抬起頭來：「老中，」他道，聲音有點

疲憊，「你不是專門來跟我談耐克鞋的吧？」

「當然不是。」我道，「我想來跟你談談我爸爸。」

於是，這多年來，我們第一次四目相對，就跟當年我們站在自己的爬犁上等待起跑一樣。天氣太冷了，眼睫毛都結了冰，但我仍然能將對面那雙眼睛裏的意義一覽無餘：「跟着我！」那雙眼睛在說，「沒事的，緊緊跟着我！」

但是，眼睛一眨，對面那雙眼睛裏射出的目光已經挪開了，奚大為「嘿嘿」一笑道，「你爸爸，鄭大爺？鄭大爺有甚麼可談的？」

「別裝了。」我忍不住道，「別裝了。我知道你恨我爸爸，我都知道。」

「恨你爸爸？為甚麼！」奚大為眼皮抬了抬看着我。

「你知道為甚麼。大為。」我道，「你知道。」

沉默。五十二年的生命中，我經歷過無數艱

難的場面，眾叛親離，禍從天降，生離死別，甚麼都不能震動我的心，然而此刻，在這長久的沉默中，我看着對面這雙凝視着我的眼睛，感覺到了胸口心跳的聲音。

「你是說，九塊八？」他道，聲音乾巴巴的。

這麼說他真的已經知道了，我心裏想，但我不動聲色，道：

「不，這個問題已經解決了。如果你爸在這件事上作了甚麼，我可以理解。我今天來只是……」

「道歉？表白？」奚大為猛然打斷我。

「不是的。」

「那麼竟是諒解？寬恕？既往不咎？哈，哈哈！」

他發出突兀的一聲怪笑，那樣尖利，嚇了我一跳。

「怎麼了？你怎麼了？」我道。

奚大為沒理會我，他站了起來，大步流星，直衝陽台那邊，好像要從那裏一直衝出街似的。我正在想着要不要過去把他拉住，他卻一個急轉身，停住了，他就站在那裏看着我道：

「好吧，我就直截了當跟你說吧，我不恨你爸爸，我早就理解你爸爸了，他要不是那樣作，他就不是他了。我真的還挺敬重他。我不理解的是你。」

「我？」

「是的，你。從當年你突然消失，到這回為了甚麼九塊八不遠萬里興師動眾。真有你的！我也看過你的小說，寫鐵道東的那篇，裏面講到一個箱子甚麼的。寫得挺像回事的。好傢伙，你真能編！」

「真能編？你甚麼意思？」

「你說呢？」奚大為朝我掃了一眼，我驚奇地在那目光裏看到了點似曾相識的神氣。使我聯

想到雪地、小河和土豆地。每逢我質疑他的力量時，他就會用這樣的目光看着我。

「你說呢？」他又道，現在我看清了，在那目光裏閃爍着的，是嘲弄，「九百八還是九塊八？別逗了伙計！我最受不了你們這些文化人的就是這股子酸氣。我搞不懂的也是這個，我就不明白，一個差點把他老爸逼上絕路的人，會真的為了廢檔案裏的那麼一個數目字生氣。」

「你說甚麼！？」我感到臉上一陣灼熱，怪了。

「你知道我說甚麼。昨天打電話的時候，我還以為我會看到一個多少有點懺悔精神的人，我又錯了。」

「你是不是以為……」

「還用得着以為嗎？一切都太清楚了。一直到現在，你的所作所為，為的都是減輕自己良心的重負。就是這麼回事，你想把甚麼都推到別人

身上。其實你知道我為甚麼不來參加你爸爸的追悼會，你知道。」

「我不知道！」我叫道，打斷奚大為的話，聲音響得連自己也嚇了一跳。接下來的那陣靜寂，使得這間被笨重家具塞得滿當當的屋子頓時變得空曠。而兩個陷落在這些家具中的人，面面相覷，都被對方的氣勢嚇呆了。

我不知不覺也站了起來。面對着奚大為，我們就那樣隔着一張茶几對峙在那兒，我憤怒：這傢伙是不是瘋了！

然而緊接而來的，是心裏的一陣迷亂。對我而言，這是一種從未有過的體驗。怎麼形容呢？就好像一塊經年未曾清掃的場地，遭到了突如其來的風暴，每個角落都被衝擊、滌蕩，於是，殘渣餘屑都暴露於光天化日之下。驟然之間心中有道光一閃，我看見了那些有意無意被遺留在那地方的東西。

「你那個檔案袋裏，沒裝上那份東西嗎？」奚大為的聲音慢吞吞的，聽上去跟剛才判若兩人，以致於我不由得定定地看他一眼。嘲弄的笑意已經不見了，他聲音雖然柔和了些，但目光更為嚴峻。在那曾經英俊的眼窩邊，皺紋纍纍，由前額至頭頂的頭髮差不多掉光了，碩果僅存的一絡，被精心梳理，貼在了前額。這一番挽留青春的苦心，要是在平時，也許會引我一噱，但此時此刻，卻只引起我發自心底的一絲苦笑。

「想起來了吧？」奚大為道，「我指的是你當年寫給林業局的檢舉信。我不知道你後來因為大義滅親加入紅衛兵了沒有；你爸爸，可差點被這封信送了命。只那當過中統特務一條，就足以一劍封喉。這一行為我還可以理解，我也能理解你爸一輩子為人剛正不阿，在你面前怎麼就那樣委曲求全。我不能理解的是，怎麼你竟從來沒有一絲一毫懺悔之心，在你爸面前還老是一副苦大

仇深的模樣。我更不能理解的是，你，就是這誣告親爹讓他差點沒給人打死的你，竟然會在四十年後，為了一條微不足道的材料大張旗鼓，向你父親的救命恩人興師問罪。我告訴你，我可沒敢把這事告訴我爹，他要是知道他看重的那個大才子，這多年沒想到向他問候一聲，今日卻這樣殺上門來，非給活活氣死了不行。他心臟不好。」

我現在記述在這裏的這一番話，也許不是他一口氣說出來的。記在這裏的這些，只是我根據後來的回想，整理的結果。我那時已經被對方的氣勢壓倒，只感覺有個人站在我的面前，說說走，走走說說，話語不斷地從他口中流洩，震耳欲聾，以致於有一段時間，我的感覺失靈，視覺、聽覺和觸覺。不知道是對方的身體在膨脹，還是我的身體在虛脫，我越來越深地陷落於那張俗艷的沙發，快要跟它合為一體似地，像在夢裏——但願這是一個夢——我眼睜睜看着對方

在我面前慷慨陳詞，千言萬語像浪花在心中飛
濺，噴湧，卻發不出一點聲音、發不出一點聲音
來。

24

你聽我說，你必須聽我說！

不是那樣的，事情不是你說的那樣。的確，我渴望參加紅衛兵，可我從未想過要出賣親爹去換取那個紅袖章，沒有那樣的念頭，即使在我寫那封信的時候。而且，你也不能說那是一封揭發信，因為它的收信人是我爸爸而不是革命領導或革命群眾。信的抬頭是：爸爸。我甚至緊接着這個稱呼，按照老師教給我們的標準書信格式，在後面寫上了「你好」二字。「爸爸：你好！」這便是那封信的抬頭。它之所以變成張貼在庫爾汗林業局裏的一張大字報，只是因為他們

截獲了它，將它公之於眾。你忘啦？在那個年代，那不是一件司空見慣的事嗎？

「爸爸你好，」我寫道，「我們雖是父子，卻站在對立的兩條陣線，我恨你，像恨階級敵人一樣地恨你，今天我寫這封信給你，就是為了向你宣告我從此跟你劃清界線、誓死捍衛毛主席無產階級革命路線的決心。」

諸如此類的一些話，我承認，是我寫的。但我並沒打算公之於眾，當然更沒想到它會成為那些暴徒攻擊我爸爸的理由。一九六六年，像這樣給父母寫信的孩子大有人在。這是那年代的流行語言，不足為奇。何況，我這樣寫是出之於真情，那時，我恨我爸爸。我想讓他知道我的恨意。

不，也不完全是這樣。那不完全是一種恨，其中多多少少，夾雜了一些別的東西，怨氣、委曲、疑惑，甚至愛。

信不信由你，即便在那時候，當我在鋪天蓋地的打殺聲中，坐到桌前，攤開一張信紙，寫下「爸爸」這個稱呼，心中還是殘留得有愛的。正因為有愛，我才那樣恨他那張面無表情的臉孔，所以，如果你真的看到過那封信，你會發覺在字裏行間，那兩條竭力要夠到對方心靈的手臂，隱約可見。

信裏有「特務」這一類的字樣嗎？我不記得了。事實上，很快我就將這封信忘得乾乾淨淨。那年我十三歲。正是五迷三道的年紀。不過，有可能我在信裏向他追問參加美軍航空隊的歷史。事實上，那只是一封追尋真相的信，源自於兩年前那個不眠之夜。那天夜裏，我那可憐的媽媽，臨終前向她的同學、女友和證婚人說對不起，「對不起，」她那微弱的聲音在靜夜中像嘆息，「我要是不代老鄭跟你和老丁說一聲對不起，我死了都不會閉眼的。」她說。

然而，更為驚人的，卻是那女友後面的話：「應當說對不起的是我們。」她道，「我們不該將他介紹給你。但他愛的真是你，相信我，即便他沒去美軍航空隊，我們之間也不會有甚麼的。相信我！我愛常生，從未改變。」

　　你是不會知道得知真相那一夜我的震驚、絕望、憤怒與恐怖的。你家裏糧食老是不夠吃，炒菜從來不擱油，你肚子總是餓，但你爸爸是堂堂正正的好人，是黨員，是幹部，走到哪裏都揚眉吐氣，受人尊重。而我爸爸呢！我爸爸他不僅背叛了媽媽、朋友，他還是美國特務，劉老師沒說錯，他真的跟美國佬當過翻譯。你是肯定不會理解我的，在那個悶熱得透不過氣的夜晚，我在黑暗中瞪大乾涸的眼睛，覺得很多事情都明白了：從北京到庫爾汗的風雪之旅、低頭無語的爸爸、家中冰冷得像要爆裂的空氣、爸爸的嘆息、媽媽的眼淚、夾雜着啜泣的夜半低語……

第二天，當我媽把我叫到床前，當着她女友的面，問我願意回爸爸身邊還是跟阿姨走時，我毫不猶豫，說我跟阿姨走。雖然我對那女子有一種出自本能的畏懼，總覺得在她的笑容後面，有種陌生遙遠的東西，正在打霜，正在冰凍，依稀和我爸爸陰鬱的沉默具有某種親緣關係。我哭了，我說要跟她走。我決心跟過去一刀兩斷。寧願沒有爸爸，也不要沾染爸爸的恥辱。

　　有一天，是在她發瘋之前沒多久，我曾問她，那位名叫黎莎的女子，「我爸爸真的是壞人嗎？」

　　她本來正在織毛衣，坐在一張小竹椅上，聽見這句問話，吃了一驚，「啊！」她道，「你說甚麼？」她手忙腳亂地撿起掉在地上的織針，「你剛才說甚麼？」

　　我把話又重複一遍。她沒有回答，而是將問題拋還給我：

「誰跟你這麼說的？你為甚麼這樣問？」

她直對我眼睛看着，我也不示弱，也直對她眼睛看着。

「不為甚麼。」我說。

「他不是壞人。」她說。

「那就是好人囉？」我又道。

她沒有立即回答，而是繼續對準我眼睛看着，好像那目光是兩支箭，可以通過我眼睛一直鑽到我心裏去似的。但我巍然不動。竭力把自己的目光也變成兩支箭，去刺穿她心底的秘密。結果，我倆都失敗了。

「世界上的人並不是只有好人壞人這兩種。」她說，「只有小孩子才這麼認為。小孩子眼睛裏只有黑白兩色，可是等你長大之後，你就會看到，世界五光十色，或者說，光怪陸離。你學過這個詞嗎？光怪陸離。」

是的，光怪陸離，這個詞從此牢牢鑲嵌在

我的記憶裏，每逢我遭逢一次命運的播弄，我都會想起這一形容，以及那女子吐出這個詞時的神氣，彷彿那千奇百怪的色彩就在眼前，等着被觀察、分解、辨識。我才漸漸明白，為何我和她離得越近，越覺得她面目模糊。你懂我的意思了嗎？說了這麼多，其實我只是要告訴你一句話：我沒有蓄意殺死我爸爸，正如他沒有蓄意殺死他最愛的三個人。

25

　　恍若夢中，這是兩天之後我坐到這間發出一
股豬肉燉酸菜氣味的小屋時的第一感覺。坐在我
對面的這個老頭，就是老奚頭嗎？三十年不見，
我已經不能在這個倚氧氣瓶而坐的老人身上，看
出當年形象介於座山鵰與楊子榮之間的那個東北
大漢。看來，關於之前所發生的一切，奚大為
甚麼都沒說。所以當我坐到老頭子對面自我介
紹時，他那有些遲鈍的眼光，露出了明顯的欣
喜，他看了看站在我身邊的奚大為，又看了看
我，再看看他，再看看我，終於點頭道：

　　「噢，就是你那拿糧本給咱家買糧的同學。」

一時間我與奚大為都愣住了，面面相覷，片刻之後才恍然大悟，我們同時笑了起來：

「您還記得那個呀？」我道。

老奚頭不說甚麼，只是淡淡一笑。

關於他現在的情況，奚大為路上已經給我介紹過。他說老奚頭退休二十多年了，退休前最後的職務是林業局工會副主席，退休工資經過一再調整，現在是四百來元。我們現在置身的這套三居室套間，是林業局分給他的宿舍。月租很便宜，只要三十元。奚大嬸前年去世以後，奚大為把他接去齊齊哈爾，可住了兩個月他就吵着要回來。奚大為說要給他在鐵道西河邊蓋座小樓，被他堅決拒絕。

「看到了吧，這麼破的房子！」奚大為一進門就指點着這房子解說般地跟我道，「可他非得住回這座破房子不可。他以為給我省了錢，其實我三天兩頭跑回來看，還成天掛着他會不會出

事，操的這心，早能賺回大把的錢了。」

「老人嘛，都這樣。」

「可不，老年痴呆症。」

當我們在議論着這些有關他的話時，老奚頭態度超然，臉上一直掛着那淡淡的微笑，好像談的是別人。我疑心他一句話也沒聽進去。可是，當奚大為話語中出現「塔瑪溝」這個詞時，他眼睛一亮，蹦出一句：

「又評上了標兵？」

「對。對。」奚大為猛點頭，「您一手樹起的紅旗那還有錯？」

奚大為一邊說，一邊對我使個眼色，一笑：

「他怎麼也不能接受塔瑪溝的現實。」

「好長時間沒去過了？」

「去過了也不信。明明是一個靠養點豬羊雞鴨甚麼的苟延殘喘的爛攤子，他還一個勁地問人家：完成了多少方？以為還是個模範林場呢！

噢，你不用擔心，他耳朵不管用了。凡是他不想聽見的，一句都聽不見。」

可正在這時，老奚頭卻眼睛一瞪，道：

「我聽見了，我全都聽見了。模範林場怎麼了？就不能出點小問題嗎？」突然他看定了我，喝道：

「老鄭你不用怕，我保定了你。你只要把咱們的賬管好，看他們誰敢來揪鬥你。誰？你說誰？于三毛那小子是不是？」

奚大為低聲對我道：「他說胡話呢，你只管猛點頭。」

我猛點頭。

老奚頭瞪住我看了會兒，那張焦巴精瘦的臉一抽搐，發作了：

「你那媽的就會點頭嗎！你就沒個立場態度嗎？難怪你會犯錯誤了。你告訴我，除了于三毛還有誰參加了？是不是有國柱子？破壞抓革命促

生產就是反革命？我告訴你，他們停工了你不能停，你的身份不同嘛！要正確對待群眾意見嘛！有則改之無則加勉。」

要不是有個女人探頭進來說飯作好了，叫我們去另一個房間吃飯，老奚頭也許會一直這樣念叨下去。奚大為臉上有點不自然，他一邊攙着他爸在飯桌邊坐下，一邊對我道：

「你看，他就是這個樣。新詞一概不懂，說來說去就是六、七十年代那套詞兒，說起那套話就來勁。沒辦法，這就是老年痴呆症的典型症狀。」

飯作得很豐盛，有新包的水餃，有炒菜，還有一大鍋炖肉，炖在一隻電熱鍋裏，熱氣騰騰。我問：

「是不是兔子肉？」

奚大為還沒來得及回答，老奚頭便搶答：

「是，是。我們昨天剛套下的。」

奚大為道：「別聽他的，這是豬肉。」

那女人笑道：「酸菜炖豬肉，東北名菜。咱這可是超正宗的。」

我這才注意到，她還打扮得挺時髦，描了眉毛，塗了口紅。脖子上還有一串珍珠項鏈。假的。

再看老奚頭，他又恢復了超然的神色，目不斜視地吃着自己碗裏的菜。

作 者 簡 介

王璞，生於香港，長於內地。上海華東師大文學博士。一九八零年開始寫作。一九八九年定居香港。先後作過報社編輯和大學教師。二零零五年辭去大學教職，專事寫作。主要作品有小說：《女人的故事》、《貓部落》、《送父親回故鄉》，散文集：《整理抽屜》、《別人的窗口》、《圖書館怪獸》、《小屋大夢》，長篇傳記：《項美麗在上海》，文學評論：《一個孤獨的講故事人——徐訏小說研究》、《散文十二講》、《怎樣寫小說》。小說曾多次獲獎。

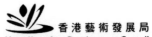

香港藝術發展局全力支持藝術表達自由，
本計劃內容並不反映本局意見